行吟达州三百首

冉长春 主编

图书在版编目（CIP）数据

行吟达州三百首/冉长春主编. —北京:中华书局,2019.10
ISBN 978-7-101-14089-7

Ⅰ.行… Ⅱ.冉… Ⅲ.诗词-作品集-中国-当代 Ⅳ.I227

中国版本图书馆 CIP 数据核字（2019）第 186686 号

书　　名　行吟达州三百首
主　　编　冉长春
责任编辑　许旭虹
出版发行　中华书局
　　　　　（北京市丰台区太平桥西里 38 号　100073）
　　　　　http://www.zhbc.com.cn
　　　　　E-mail:zhbc@zhbc.com.cn
印　　刷　北京瑞古冠中印刷厂
版　　次　2019 年 10 月北京第 1 版
　　　　　2019 年 10 月北京第 1 次印刷
规　　格　开本/710×1000 毫米　1/16
　　　　　印张 11¾　字数 36 千字
国际书号　ISBN 978-7-101-14089-7
定　　价　98.00 元

行吟达州三百首编委会

主　编：冉长春

副主编：安全东　李荣聪

编　委：（按姓氏笔画排序）

冉长春　安全东　李荣聪　何　智　郑清辉

序　言

　　近年来，在全国著名诗人达州行暨中镇诗社成立十五周年纪念活动、中华诗词名家达州行、中华诗词名家达州·开江行、中华诗词名家达州·渠县行及首届中国巴山诗会暨中华诗词名家达州达川行等大型采风活动中，来自全国各地的一百余位（次）诗词名家，在达州诗词爱好者的陪同下，对达州（通州）这块元稹生活过、白居易唱和过、李商隐赞美过、红军战斗过的"西南形胜"之地，诗兴勃发，佳作频出。

　　为将诗人们的足迹定格于巴山渠水，将行吟达州的力作保存于历史长卷，我们挑选了来自20多个省（市、自治区）97名作家的304首作品，汇编成这本《行吟达州三百首》。在编选上侧重于山川风物与人文历史，对唱和酬答类则较少选取。全书分两卷：上卷为外地诗家作品，下卷为达州本地诗人作品，分别以作者齿序。

　　此书的面世，得到了中共达州市委宣传部的全力支持和中华书局的通力合作，在此深表谢忱！

　　囿于选编人员的水平和识力，难免有遗珠之憾和错漏之处，还望各位诗家海涵，请读者朋友们批评指正。

编　者

目　录

目　录

3

目 录

目　录

13

目　录

上 卷

·滕伟明

1943 年生,四川成都人,毕业于四川大学中文系。历任重庆市城口中学
与四川艺术职业学院教师、《四川文艺报》《四川文化报》《岷峨诗稿》副
主编。现任蜀文献编委会主编、四川省诗词协会会长、巴山诗社社员。
著有《滕伟明诗词集》《诗海探骊》《山海经物语》等。

八台雪歌

巴山峰头逼天街,天街之上有八台。八台四万八千
丈,雨雾霰雪常不开。双河谷口风夜吼,八台直向云中
走。长冰结岩牙参差,古栈石磴压雪厚。锦江青灯庞眉
客,风雪独上八台北。气蒸眉睫旋作冰,两耳欲堕指脱
节。八台冻云何崔嵬,雪山万重扑面来!千年老鳌凝江
底,山君战栗鸺鹠死。山中松柏直如桴,琼枝玉叶银珊
瑚。青帝猎罢赏骑射,轻撒八台万斛珠。我登八台望四
面,前江后江皆如线。我家应在西南隅,雪云迷茫看不
见。正是八台飞雪时,千里赴任多佳思。如此江山如此
景,大笑痴儿来何迟!

重上八台

几队招呼几队跟，秦巴游客聚如云。

闪回五十年前事，雪满空山着一人。

独秀峰

栈道勾连为一探，亭亭玉立巨壑前。

藐姑仙子可怜甚，待字闺中十万年。

村饮

有山则可不须名，有酒便倾何必清。

巫峡行云殊恍惚，荒村流水也娉婷。

旋烹赤鲤犹疑跳，才泡黄瓜略带生。

饮罢凉床扪腹卧，悠然大字向天横〔一〕。

〔一〕 川东农家多蓄凉床，露天设置之，以供乘凉之用，故可向天横。

万源阻雪

银山莽莽压城摧，密密彤云冻不开。

半夜惊风掀瓦去，平明猎马踏冰来。

拥炉暂得家千里，对雪能赊酒一杯？

逆旅主人莫生厌，客囊那可度人才！

鹧鸪天　达州元稹纪念馆[一]

司马星分八地愁，政声不让富民侯。巴江欢送元元九，岭树恭迎柳柳州。　　虽困顿，却风流。今来父老满山丘。民心千载犹如此，留与高官想理由。

〔一〕　元稹为通州（今达州）司马，有政声。任职期满离开时，士民登翠屏山相送。至今，正月初九登高，仍为达州习俗。

眼儿媚　李依若旧居[一]

久叩柴扉不开门，君梦一何深。当年何事，焚烧曲谱，锤毁鸣琴。　　溜溜跑马同声唱，一盏酹孤坟。而今已在，太空播放，岂乏知音。

〔一〕　李依若为《康定情歌》作者，享年48岁。

山花子　八台日出[一]

君在西来我在东，八台分界云霄中。金顶昂头张臂喊，又一峰。　　几个痴儿山顶立，耳边呼啸是罡风。天际火丸才一跳，满天红。

〔一〕　重庆直辖后，八台山为四川最早迎接日出处。

· 廖国华

1945 年生，湖北荆州人。斋名无妄，号村野之人、龙洲道人。自幼习诗，无门无派，以手写心，不拘成法，江湖上遂有"诗匪"之称。著有《无妄斋吟草》《无妄斋吟草续集》，共收录诗词作品 2000 余首。

明月巴山酒店不寐

等闲访胜入山来，夜住农庄啜旧醅。

小醉何须怨停电，正宜听雨又闻雷。

观达州影视宣传片

欲览寰人不老风，银屏暮听鼓三通。

云间凿石痕留古，天外当关险扼东。

迁客岂怜孤馆寂，大军谁举战旗红。

伴声恰有巴山雨，知是诗中是画中？

·黄有韬

1945 年生，浙江乐清人。浙江省、温州市诗词学会常务理事。曾任乐清诗词学会会长，柳川诗社社长。曾获金鹰杯中纪委反腐倡廉诗词大奖赛一等奖，光孝寺杯二等奖。

八台山

山高树色半青黄，午雨初晴转晚凉。

到此羞成空手道，二三云片作收藏。

鹧鸪天　夜宿碧瑶山庄

竹树蝉鸣四壑幽，溪鱼野鸟共悠游。茶烟夜佐骚人酒，草莽闲眠老子牛。　　冲壳子，说通州，华灯璀璨照琼楼。应怜三万余年后，相约来兹斗酒筹。

·邓世广

1946 年生，辽宁阜新人。曾任中华诗词学会理事、新疆诗词学会副会长、《昆仑诗词》主编、中国剑门关首届诗词擂台赛终评委等。曾获华夏诗词奖一等奖。主编《当代西域诗词选》，著有《半瓢居诗词稿》。

游八台山值雾口占

络绎游人陟八台，妆成未许镜奁开。

轻纱遮却娇妍貌，似约明年我再来。

·凌泽欣

1946年生，重庆合川人。《诗刊》子曰诗社顾问，中华诗词学会常务理事，重庆市诗词学会、合川区诗词学会会长，中国楹联学会、重庆市作协会员。在《诗刊》《中华诗词》《岷峨诗稿》《星星诗刊》等发表诗词数百首。著有《中华诗词格律及写作常识讲义》《凌泽欣诗稿》等。

过八台山栈道

气候初分南与北，山深已觉不由衷。

三千仞立归环宇，十八弯旋到顶峰。

抬眼心悬天底下，回头人在海当中。

波澜起伏如生计，世上风光几处同？

·张希田

网名白樵苏，1946 年生，山西忻州人。中镇诗社秘书长。在《当代诗词》《诗词报》等专业刊物和网络公众号等发表诗词 1000 余首。

车行巴山途中

一路葱茏一路幽，山前时现小洋楼。

偶然放眼停云处，更有人家在上头。

参观张爱萍将军生平展览

将军旧宅踞高台，满屋丰功次第排。

烈烈人生今悟得，无非胆识与胸怀。

· 星 汉

姓王字浩之，1947 年 5 月生，山东东阿人。新疆师范大学文学院教授。中华诗词学会发起人之一，第二届、第三届副会长，现为顾问；新疆诗词学会创建者之一，现为会长。曾获第三届聂绀弩诗词创作奖。公开出版有《清代西域诗研究》《天山东望集》等 20 余种。

八台山玻璃栈道

青山绿水碧天长，正待游人大步量。

倘若心胸皆剔透，高低都是好风光。

李依若墓

苍天今日始怜君，百丈村前漫夕曛。

康定情歌传四海，何曾一句到荒坟。

飞机降落有感

乘风万里走青云，不肯回头望俗尘。

自笑高高在上后，下来还是普通人。

达州龙爪塔别休休子

手机开启后，四面送风光。

寺古钟声老，山高日色凉。

真情难敛抑，好句正舒扬。

下望州河水，今朝代酒浆。

与开江诸诗友宝泉塔避雨

长廊闲坐久，静看鸟归巢。

塔顶腻云破，荷盘珠雨敲。

疲劳犹未洗，落寞已全抛。

一曲民歌后，斜阳挂树梢。

明月湖感赋

骚客多思索，船头指画图。

山林收细水，日夜聚平湖。

云影调浓淡，禽言辨有无。

吟诗知此理，厚积莫踟蹰。

陪达州诸诗友游莲花湖

万里手机响，文缘结四川。

风牵幽径远，水纳夕阳圆。

缓步怜芳草，高吟唤睡莲。

青山归地主，我只带云烟。

登八台山绝顶

登高长啸破苍烟，声浪频催百里传。

老树迎风如奏乐，危岩拦路似挥拳。

一轮红日低于我，千叠青峰怒向天。

不用山灵勤指点，情思已到白云边。

达州元稹纪念馆

吟诗今古各千秋，欲与前贤共一瓯。

倾耳远听群鸟乐，回眸下瞰大河流。

人生日月收胸内，驿路风云挂马头。

元九当年倘相遇，唱酬也似白江州。

登八台山感赋

雪山看厌看青山，万里南来更仰攀。

何惧林丘经坎坷，更收风雨展斑斓。

吟声高过三千仞，客梦长留十八弯。

但有诗心人不死，白头岂敢恋休闲。

张爱萍故居

昔年老屋记清朝，军旅生涯去路遥。

霹雳声摧谁破胆，蘑菇云起我伸腰。

诗文彩笔书青史，功业丹心照碧霄。

神剑将军归毅魄，门前老树带风招。

· 赵连珠

1947年生，天津人。师从陈宗枢先生，现任大河吟社社长。

清平乐　原韵和雨涵贤弟夜宿八台山

风狂雷骤，听雨三更后，暮霭织烟成锦绣，四望灯芒如豆。　　寒蛩不住悲鸣，依稀似诵真经。此际偕来仙侣，羡煞苟苟营营。

鹧鸪天　登真佛山

远上青山拨绿云，此行疑不在红尘。偕来巴蜀三秋气，料理虫沙百劫身。　　人纵老，志犹存，还凭白发觅诗魂。者番吟友重相聚，一饮须当三百樽。

·周啸天

1948 年 5 月生，四川渠县人。四川大学教授、安徽师大中国诗学中心研究员、中华诗词学会副会长、巴山诗社社员。第六、七届华夏诗词奖、陈子昂诗歌奖评委。曾获第六届鲁迅文学奖，第五届华夏诗词奖一等奖，《诗刊》首届年度诗词奖第一名，2015 诗词中国杰出贡献奖。出版《唐绝句史》《周啸天谈艺录》等专著十余部。

渠县遭日机轰炸二首

一九四零年八月廿一，日机三十六架飞抵渠县上空投弹四十余枚，城区主要街道俱毁，四百余人被炸死，东门糜家七口、北门裴家十口遭灭门之灾。唐世政兄嘱作此诗。

其一

东去鸥鹍日色昏，小城楼馆尽成尘。

丁添八口家中坐，弹指之间已灭门。

其二

血债轻教一笔勾，郁孤台下水长流。

至今雨夜秋坟哭，不是人间细碎仇。

马渡关李家院听歌[一]

斯人惯作溜溜调，故里犹开淡淡花。

风物偏于雨霁好，江山直待赋诗夸。

老公绝唱八台雪，幺妹甘分六口茶。

歌到面红心跳处，素娥羞被暮云遮。

〔一〕　李依若为《康定情歌》歌词的原作者，故居在宣汉县马渡关。

长相思[一]

巴水流，州水流，不到通州不聚头。豁余万里眸。

元亦休，白亦休，两袭青衫任去留。飞来一片鸥。

〔一〕　中国西部诗歌城达州诗歌之乡投建项目签约，龙克索句。昔元稹贬通州时，白居易贬江州，俱为司马，唱酬极多。

行香子　八台山日出[一]

巴山绵亘，八叠为峰。几千转、跃上葱茏。气违寒暑，服易秋冬。竟霎时雾，霎时雨，霎时风。　　雀呼起早，目极川东。浑疑是、开物天工。阴阳一线，炉水通红。看欲流钢，欲流铁，欲流铜。

〔一〕　贾谊《鵩鸟赋》："天地为炉兮造化为工，阴阳为炭兮万物为铜。"

【正宫·叨叨令】玻璃栈道

类踏空头皮麻处心儿乱，尚兀自口称不怕声儿颤。忽凌云高处难习惯，正三观努力朝前看。兀的不弄煞人也么哥，兀的不弄煞人也么哥，啥声儿活像来自阎王殿。

张将军故里[一]

黛瓦青砖宅，素壁山色里。

门前高速路，煞此好风水。

咄咄观光客，娓娓解说妹。

张公一言决，地方慎请示。

让道于建设，休倚将军势。

还顾揭竿日，天地玄黄际。

岂必失业徒，颇有富家子。

宁为稻粱谋，信仰在主义。

闻风默之久，我敬肃然起。

复嗟煮鹤人，未解奉迎事。

〔一〕 张爱萍故里在达州凤凰山麓，视野开阔，风水极佳。唯高速公路贯穿，殊碍视线。解说员云：本拟绕道，请示于张将军，张云："一切为经济建设让路，故里也不例外。"

·南广勋

网名长堤老树，1948年生，祖籍河北，居北京。中华诗词学会散曲工委副主任、中国散曲研究会理事、北京诗词学会散曲研究会会长。

【中吕·山坡羊】渠县黄花菜之乡

宜鲜宜晒，能吃能卖，山乡凉不了黄花菜。你来摘，我来摘，时髦口号叫"原生态"。靠着这金针花似海，学，也上来；房，也盖来。

【双调·水仙子】宣汉马渡关石林游吟

低坡刚过又高坡，体倦神疲可奈何？敞胸方在山前坐，小幺妹儿山歌调笑我："问一声掉队阿哥，肥白肉，胖脑壳，你家住哪一坨？"

【正宫·塞鸿秋】别达州

达州诗友多高义，送行送到分别地。殷殷叮嘱需牢记，真情胜过人民币。再留影一张，挥手从兹去，心中有点酸酸的。

【正宫·塞鸿秋】达州吃火锅戏作

丹炉神火从天落，幺娃儿皓首圈圈坐。红汤靓似夕阳卧，忽儿滚似江堤破。长筷尽情捞，汗下人相乐。恨不常做达州客。

·杨逸明

1948 年 8 月生于上海，祖籍江苏无锡。上海师范大学中文系毕业。中华诗词学会第二届、第三届副会长。现为中国作家协会会员、中华诗词学会顾问、全球汉诗总会副会长、上海诗词学会副会长、《上海诗词》主编。已出版诗词选集《飞瀑集》《新风集》《古韵新风》《路石集》等。

百丈村听民歌演唱

词曲诙谐响耳边，翠岩百丈树翩翩。

情歌听罢心跑马，顿觉诗翁似少年。

访元稹纪念馆

小车环绕翠峰云，来访通州旧使君。

楼署凤凰皆换貌，墙镌珠玉尚留文。

昔言今至悲三遣，白俗元轻领一军。

我忆儿时观越剧，西厢惹得梦缤纷。

游八台山（二首其二）

秦巴美景豁双眸，登览行吟我创收。

翠色遥连地平线，金光直射笔尖头。

斜阳拈出层层岭，峭壁擎来小小楼。

人在八台山顶宿，梦中装满是神州。

·徐中秋

网名秋江月色，1948 年 9 月生，浙江台州人。曾获中华诗词学会和《诗刊》社等举办的诗词大赛一二三等奖数十项。任全球汉诗总会常务理事、浙江省诗词学会常务理事、台州诗词楹联学会常务副会长、黄岩诗词楹联学会会长。著有《望峰楼诗文稿》《滴水集》。

水龙吟　汉阙怀古

　　修来不坏金身，遍尝风雨沧桑味。凭谁见证，烽烟起处，横尸累累。雁塔题名，长安策马，几人得意？算崖山泪尽，榆关自破，都云散，如流水。　　魏相猖狂妄议，却为何，贞观能治？山河一统，龙舟浮血，隋强无比。华夏皇皇，膏腴万里，屡遭奇耻！阙碑前，默默轻揉瘢迹，问千年史。

· 熊东遨

别署忆雪堂，1949 年生，湖南宁乡人。湖南省文史馆馆员、第七届鲁迅文学奖评审委员、中华诗词学会常务理事、湖南诗词协会副会长。曾在湖南电视台开辟"诗词曲联"系列讲座。曾获"诗词中国·最具影响力诗人"称号和《诗刊》"陈子昂年度诗词奖"。已出版《诗词曲联入门》《古今名联选评》《诗词医案拾例》等专著三十余种。

巴山（二首其一）

此心长寄水云间，小胜前人只一闲。

为探秋池新涨意，夜乘微雨上巴山。

将赴达州行前致中镇社友用白乐天韵

平生事业剩清游，况值天凉好个秋。

月拟中宵乘醉看，诗从上古顺情流。

五羊怀旧劳空想，百羽抟风向达州。

相笑晚峰同着色，白云飞补昔年头。

·罗连双

网名老君山，1949年10月生，山西五台人。出版诗词集《君山集》、经济学专著《社会主义生产关系论》和论文集《甘泉集》。诗词作品曾在《山西日报》和《中国改革报》等刊物发表。

五峰山国家森林公园

宅旁兰共竹，愿景已多年。

会友巴山下，停车竹海前。

留形存相册，移魄在心田。

助我高昂首，欣然对昊天。

·马斗全

1949 年 12 月生，山西临猗人。山西省社科院研究员、中镇诗社社员、"足荣杯"年度好诗词评委会主任。出版有诗集《南窗吟稿》、诗论《读诗闲札》。

初抵达州忽忆元稹"满山风雨杜鹃声"依其韵

先生谪处我今行，风物清佳山水明。

万里南征第一事，来听月夜杜鹃声。

忆元白

元白遗风潜化深，通州司马恨难寻。

唯余千古州河水，缓缓从唐流到今。

万源山中

细风吹雨渐生凉，夹道青山列画廊。

吟屐不知南与北，只知身在白云乡。

莲花湖宾馆夜雨

达州初到喜何其，即遇巴山夜雨时。

尊酒故人湖上坐，陶然醉里有新诗。

明月巴山酒店雷雨

月不能明雨自来，潇潇声里杂轻雷。

小楼卧听巴山雨，池上轩窗彻夜开。

元微之初到通州贬所见尘壁间不知何人所书白乐天诗，乐天闻之有作，开首二句"十五年前似梦游，曾将诗句结风流"正合中镇诗社十五周年达州采风活动，诚诗坛千古巧事也，因依韵续成一律

十五年前似梦游，曾将诗句结风流。

预留此语誉中镇，喜见吾侪聚达州。

如许川原秋助兴，一番吟事酒消愁。

青山依旧人将老，笑对芦花任白头。

·钟振振

1950年3月生,江苏南京人。南京师范大学古文献整理研究所所长,兼任国家留学基金委"外国学者中华文化研究奖学金"指导教授,中国韵文学会会长,全球汉诗总会副会长,中华诗词学会顾问,美国中华楹联学会学术顾问,中央电视台"诗词大会"总顾问,国家图书馆文津讲坛特聘教授等。

巴山夜雨

夜色风行雷厉秋,巴山雨挟梦漂流。

沿洄不记光年几,只信诗魂在达州。

新来神爽气清,诗思泉涌,盖饮万源名茶巴山雀舌之效也

秋雨敲诗得句频,一壶雀舌助清新。

夜来绕枕莺啼序,梦入巴山百啭春。

万源八台山有奇峰名独秀,大似黄山梦笔生花〔一〕

巴山夜雨皖山霞,秋肃春温减后加。

各有孤峰如梦立,晋唐两管笔生花。

〔一〕 南朝梁钟嵘《诗品》卷二《齐光禄江淹》:"淹罢宣城郡,遂宿

冶亭。梦一美丈夫，自称郭璞，谓淹曰：吾有笔在卿处多年矣，可以见还。淹探怀中，得五色笔以授之。尔后为诗，不复成语，故世传江淹才尽。"郭璞者，晋人也。又，五代王仁裕《开元天宝遗事》卷二《梦笔头生花》："李太白少时，梦所用之笔头上生花。后天才赡逸，名闻天下。"

南朝宋殷芸《小说》载：有客相从，各言所志。或愿为扬州刺史，或愿多资财，或愿骑鹤上升。其一人曰：腰缠十万贯，骑鹤上扬州。欲兼三者。予至四川大竹，得饮东汉牌听装醪汁，真人间佳酿也。

戏改一字，转语如次。

东南客作蜀中游，醪汁甘醇一醉休。

但得腰缠十万罐，何须骑鹤上扬州。

过张爱萍将军故居

一星追两弹，百折奋千回。

怒掷巡天剑，惊听动地雷。

正环豺虎伺，不道栋梁摧。

泫涕谁吊唁，秋宵风雨来。

巴山云

秋气践约，巴山夜雨。晓望八台，有云如女。素颜静立，垂袖不舞。含睇向人，似与眉语。入山既深，散为烟缕。远近陪随，芳泽亲许。沾衣尽湿，昵于情侣。报之云何？倡汝和予。

·苏些雩

1951 年生于广州，籍贯广东东莞。现为广东中华诗词学会副会长、《当代诗词》副主编。师从岭南词家朱庸斋先生学词。诗词作品入选《海岳风华》集、《二十世纪中华词选》。有作品在国内诗词大赛中获奖。

雨游八台山难睹棋盘山真面目戏题二首

一

星月为看客，棋王属哪家

输赢天布局，变幻雾笼纱。

信是闲游戏，无庸动战车。

仙人应未远，一步一山花。

二

欲睹真风貌，偏逢细雨斜。

烂柯才结局，探月已回车。

因笑神仙梦，缘来百姓家。

枰前休博弈，就手揽烟霞。

如梦令　八台山上雨急风骤随想

早已雾埋烟裹，堪笑散仙如我。风亦太无聊，摇落恁多山果。还坐，还坐，元白可能来过。

如梦令　渠县呷酒

也学少年豪纵，虹吸莫非春瓮。呷酒味酸甜，小试黄粱香梦。珍重，珍重，后会不劳相送。

·范诗银

笔名石音、巳一、苍实，1953 年生，齐齐哈尔人。曾任空军航空兵某师副政委、国防大学中华军旅诗词研究创作院执行副院长。现为中华诗词学会常务副会长、《中华诗词》杂志社社长。出版诗词集《天浅梦深》《响石二集》《响石斋诗词》《虹影集注评》《诗银词》。

蝶恋花　题元稹纪念馆

水自多情云自恼。沧海巫山，何故晴来早。雨夜巴东原上草，相如赋卖青钱老。　　九日登高风景好。望里长安，归雁星花小。春陌词章秋巷稿，读君如晤思难了。

破阵子　八台山日出

疑是城灯夜火，偏生日晕初东。为我冲开天一角，越过高低远近峰，如丸跳手中。　　八叠台边风雨，千重云外烟空。箭射奇光沧海阔，虎啸无声岁月穷。相看袖半红。

浣溪沙　明月湖

水月谁量十里长，摇开双桨接新凉，流花回雨送沧浪。　　树影多情雕翡翠，山歌无计度鸳鸯。且将小令倚清光。

浣溪沙 题金山寺并序

薛涛欲往达州会元稹，宿开江金山寺，盘桓数日而返西蜀。僧答："不知何故。"

辜负桃红三月笺，未题新句旧痕前。何来何去系何年。　　佛祖拈花惟一笑，人间最苦是情缘。山钟几点雨声寒。

浣溪沙 靖安乡稻田嘉年华

借得蛙鸣问稻花，相呼还有蟹和虾。鲫鱼烧起辣还麻。　　绿菽离离栖白鹭，黄篱隐隐吊青瓜。自然道法自然家。

·徐长鸿

字鸣遐，号无虑山人，1954 年生，辽宁北镇人，现居锦州。曾与郑雪峰、
王震宇合著《辽西三家诗》。

夜宿巴山是夜雷雨大作

万壑沉雷下碧空，旗亭惊梦坐朦胧。

一般秋雨秋风夜，听向巴山便不同。

过大竹县醪糟酒厂满院桂花飘香

云溪烟树蜀山秋，仙侣翩翩集俊遊。

一路天香迎客子，桂花飘上美人头。

参观渠县竹编工艺品

巧乞天孙妙想开，分篁抽缕费新裁。

巴山风月嘉陵浪，次第收将腕底来。

达州雅会车站将归呈诸吟友

莽莽关河劳燕分，骊驹一曲感殷殷。

人间聚散元天定，回首巴山起暮云。

中镇诗社赴达州采风活动暨十五周年社庆斗全吟长命以白香山通州诗首联续成一律并步原韵

十五年前似梦游，曾将诗句结风流。

关山昔去朝中镇，云水今来入达州。

仙侣终酬千里愿，霜毫欲扫一天愁。

吟边珍重桑榆景，且买秋阳照白头。

古通州行

天地西南轮驰骤，路指巴山云出岫。吟鞭向晚驻通州，飘萧秋雨扑襟袖。旗亭盛宴傍莲湖，海岳相逢道不孤。添酒回灯良夜永，恰似西园雅集图。江山秀气钟川蜀，先贤故地溯遗躅。海桑换劫剩高吟，元白千年风义笃。我来八月踏新凉，万峰如画尚青苍。诗情寄与渠江水，东流一派起宫商。

·郭定乾

网名陆压道人，1954 年 5 月生，四川彭州人。曾任北京《类编中华诗词》编辑、四川省诗词学会副会长。曾获九三"羲之杯"诗书画大展赛诗歌一等奖，2001 年"新农村"对联书法赛二等奖。出版有《岷峨诗侣·郭定乾卷》《都江堰市楹联集成》（合著）。

宿马渡乡

山乡旅舍近田塍，田里秧苗一色青。

传语夜窗休紧闭，洞开一扇听蛙声。

乌梅山与梅后合影 [一]

万亩梅林绝可怜，梅王梅后共一山。

我来不是第三者，有味相投溜溜酸。

〔一〕 梅后者，580 年梅树也，以同山另有 600 年梅帝，故云。

·杨子怡

网名篱边散人，1955年3月生，湖南新邵人。中华诗教学会常务理事、中镇诗社社员，曾获第三届华夏诗词奖二等奖。出版《篱边虫语》《木雁斋诗赋选》《韩愈刺潮与苏轼寓惠比较研究》等诗集及学术专著6部，在《当代诗词》等刊物上发表诗词200余首。

临江仙　观渠县汉阙有怀

绿漫田畴村舍，雨欺墓草幽幽。阡原此处葬风流。千秋求霸业，百岁看蜉蝣。　　世上几人能悟，人生不解痛疣。游人脚下是王侯。观鱼濠上去，曳尾潦中游。

临江仙　达州火车站与众诗友话别并留别戛云亭诗友

宴散巴山归去，长天正呖孤鸿。前途应是岭重重。加餐频互勉，执手约相逢。　　今夜车中孤饮，驱忧只有隆隆。酒醒明日又愁浓。巴山千里月，篱落五更虫。

·刘道平

1956年1月生，四川平昌人。中央党校研究生学历，岷峨诗稿社社长。曾任四川省人大常委会副主任。

咏　竹

拔节青山入翠微，虚心惯见白云飞。

一朝截作短长笛，便喜人间横竖吹。

夏日读书

长夏何言正好眠，窗开不废读书天。

有情风恐人将老，总是来回为我翻。

· 蔡国强

号西溪逋客，1957 年生。浙师大教授、浙江社科院研究员。著有《词谱考证》《词律考证》《实用唐宋词谱》等。

达州慢　达州碧瑶山庄别东邈兄，特度达州慢与同志者

万寿山头，碧瑶池畔，人在水云中。秋风斜抚，祖帐先开一重。此处有诗三百首，送君去、雁唤长空。争奈苍烟漠漠，微雨濛濛。　　匆匆。此去千里，怅韶华正谢，风雨正浓。渭城柳尽，眼底惟余碧桐。欲举离觞还又住，怕酒罢、老脸犯红。从别后、多保重，看江山、共我龙钟。

满江红　八台山游，偶闻冉部与山神私语，以满江红记之

哎！汝山神，今见我、竟然如此。一路上、风言疯雨，歪歪唧唧。独秀峰藏云朵外，八台山裹棉花里。本知我、一干弟兄来，斯何意。　　山神脸，灰如纸。肱与股，皆战矣。谨启禀大人，请听原委。余欲为君留贵客，此番原是装痴计。待明年、渠必又还来，重欢会。

·宋彩霞

笔名晓雨，1957 年 11 月生，山东威海人。中国作家协会会员、中华诗词学会常务理事、《中华诗词》杂志副主编、诗词中国大赛评委。曾获诗词中国"最具公众影响力诗人"奖。出版《秋水里的火焰》《白雨庐词》、《宋彩霞作品选》(诗词卷、评论卷)、《黑咖啡》等。作品散见于《人民日报》《中华诗词》《诗刊》《星星》《诗潮》等以及央视"时代楷模发布厅"。

开江荷花世界思荷

骄阳似火向天烧，隔岸秋光响夜潮。

只要生涯清气在，管它风热与霜凋。

·潘 泓

网名夫复何言，1957年11月生，湖北红安人。中华诗词学会理事，《中华诗词》编辑部主任。有《复言诗词集》。

莲花世界

斯地有农田种莲花一万二千亩，可赏荷花，采莲米，挖莲藕，惠农之功甚伟，乃为之咏。

西子湖中碧不如，白洋淀里赤应迟。

香迎去去来来客，色丽高高矮矮枝。

六月采莲传小调，三秋掘藕泛清池。

农家识得新能创，巧种风光卖四时。

临江仙 明月湖写意

雨湿篷舟丝细细，青山半隐香霾。无须明月预安排。野桥银瀑泻，荒岛碧桃栽。　　恰好尘思稍洗濯，凌波谁送歌来。思量放棹向天台。不曾樵径寂，间有夏花开。

·景北记

网名风景，1957 年 12 月生，山西洪洞人。中镇诗社副社长。曾任首届、第二届全球根祖杯诗词赛事评委。曾获红豆诗词大赛、纪念抗日战争胜利六十周年诗词大赛、上海首届博览会诗词大赛等多项大赛大奖。有《一是斋诗稿》。

碧瑶山庄夜与连珠、长鸿、震宇、雨涵及戛云亭诗社诗友小坐

风骚四座院中央，拾韵归来似楚狂。

几处虫声添雅趣，一池秋水送莲香。

胡床三二人三五，咂酒满杯诗满囊。

果然元白唱酬地，寶雨巴风引兴长。

·胡 彭

字眉卿，号樱林花主，1958 年 5 月生，江苏人。中华诗词学会理事、《中华诗词》杂志编辑。

开江印象

见识开江无数山，盘歌接引大梁关。

风情最是人居处，赭石勾边粉壁间。

江城梅花引 开江桃花岛之恋

开江水碧翠螺鲜。见时难，别时难。千里还京，犹向梦中看。当日轻舟初识面，曰陶醉，曰缠绵，似这般。这般这般奈何天！在此间，在彼间，望也望也，望不见、大野荒烟。教恨巴东，云路隔山川。说与桃枝桃叶每，须待我，染朱颜，快活年。

·方 伟

网名濯缨轩主人（濯缨），1958 年 12 月生，河南罗山人。河南诗词学会副会长、醉根诗社社长、巴山诗社社员。出版《濯缨集》等专著三部。

再到达州

万山如宿卫，环拱古通州。

曾诵乐天句，欲登元稹楼。

蜀人多异秉，渠水足清游。

回首汉唐宋，文章第一流。

宣汉竹枝词（九首选一）

广场一片夕阳红，白发飘扬婆与翁。

也学少年成对舞，蓬蓬嚓嚓嚓蓬蓬。

将赴达州（四首选一）

山西马斗全先生相邀赴四川达州，此唐元微之贬谪之地，时名通州。元到官后致书友人白乐天，备述通州形势。白览书怅然，赋七律四首。余于通州（达州）所熟知者，仅此四律，遂和之以记此行。

达州原系古通州，西望遥居天尽头。

山号凤凰犹北向，河连渠水尚南流。

珠玑圆润乐天句，苔藓斑斓元稹楼。

总是前贤留迹处，吾将循踵按其由。

初到达州遇雨

巴山匼匝古通州，亘古州河一派流。

水气成云浮远岭，雨丝如线绕层楼。

今宵便许秋池涨，明日应增思妇愁。

恐是归期空问取，山眉水眼暗相勾。

雨中游八台山[一]

危乎甚矣曷高哉！直上凌霄第七台。

障眼颇嫌秋雨大，放怀欲拨乱云开。

围棋童子今何在？布道老君胡不来。

已觉衣袍皆羽化，仙班容我暂徘徊。

〔一〕 八台山在达州万源境内，因呈八层分布，故名八台山。又，第二台下有三十余座孤峰，状如棋子，故又名棋盘山。风雨太大，只上到第七台，很遗憾！

大竹竹海歌

一山一山一山竹，一蓬一蓬一蓬绿。竹送浓绿上山巅，绿牵翠竹入山谷。向山看竹无尽头，向谷看绿空极目。绿竹顶天挺更高，竹绿如海起还伏。此番逐队大竹来，主人引入竹山麓。竹梢之上飞黄鹤，竹林深处鸣白鹿。前头忽逢王徽之，爱竹以竹结为屋。道是宁可食无肉，只恐无竹使人俗。濯缨轩主虽俗人，平生最与竹相睦。此地离家数千里，个中茅庐或许筑。闲时坐赏困时眠，路边山泉清可掬。兴来更邀晋七贤，弹琴啸歌竹林宿。

满庭芳　达州莲花湖宾馆夜宿

山抱平湖，楼藏深树，果然山水清嘉。四季常开，一朵宝莲花。听取巴山夜雨，已添得，檐溜喧哗。云烟外，隐然如有，归雁度平沙。　　诗家，何所事？凭高眺远，铺纸涂鸦。想元九当年，风杖云车。明日凤山高处，对遗迹，如睹风华。随诸子，凌风一啸，回响荡三巴。

· 周学峰

1958 年 12 月生。中华诗词学会理事、副秘书长兼办公室主任。作品发表于《诗刊》《中华诗词》《诗选刊》《诗词百家》《红叶》等。

游賨人谷〔一〕

一洞穿千古，登梯入九霄。

云浮紫气上，雀绕玉林梢。

静坐开天眼，垂思度梦朝。

賨人犹在耳，打马夜提刀。

〔一〕 賨人是古代川东地区影响深远、强悍尚武的一支少数民族，亦是渠县最古老的土著民族，賨人谷是其古老的山洞居所。

·刘庆霖

1959 年生，黑龙江密山人。曾任国务院参事室中华诗词研究院《中国诗词年鉴》副主编，现为中华诗词学会副会长兼秘书长，《中华诗词》副主编。著有《刘庆霖诗词》《掌上春光》《刘庆霖作品选》(诗词卷、理论卷) 等。

达川万亩乌梅林（四首选一）

乌梅时自落，曲径渐深幽。

林下氧离子，大如乒乓球。

四川万源独秀峰遐想

易画江山不易工，凭谁巨手力无穷。

墨调积翠龙潭水，笔用生花独秀峰。

挂起崖图勾瀑白，铺开云纸点霞红。

东风有意泼多彩，洇染达州春色浓。

雨中游大梁山觅水缸石晚归有作

盘歌初歇梦犹痴，撑伞林间难自持。

一步驿关跨两省，半溪莺语动千思。

行来云海拥人处，坐到山川爱我时。

恍见仙家迷化境，水缸石唤惹归迟。

游开江金山寺

行驻巴东心已痴，已然难辨是何期。

青山一寺佛空壁，古木千年龙满枝。

塔刹留云归去晚，石狮嫌我到来迟。

竹边醉了风推醒，醒后问僧僧不知。

过达川真佛山

山中一入忘尘埃，百丈晴峦绿撞怀。

寺里看开花覆草，阶边坐到石生苔。

云常似去似非去，我自如来如不来。

德孝真经须善解，莫将因果等闲猜。

题渠县文庙

棂星柱上石生光，鲤跃龙门云在旁。

此庙非禅犹度世，斯人至圣尚居乡。

解通天地千秋语，不隔黎民万仞墙。

闲适古亭蒸雀舌，太阳小坐读文章。

·李云桦

网名晒余。1958年生，甘肃徽县人。甘肃省诗词学会会员，第二、三、四届理事。作品收入《中华诗词年鉴》《甘肃青年诗词选集》《第二届华夏诗词获奖作品集》《甘肃诗词》《广州诗词》《中华诗词》等。曾获白鹿诗词大赛二等奖，老龙口杯海内外中华诗词大赛三等奖。

泛九龙湖

草树人家似画屏，一山才去一山青。

沧浪歌要叩舷唱，杨柳枝须抚掌听。

秧稻夏长飘鹭白，渊潭水满带龙腥。

棠梨村落千年上，未识雄风吹野埛。

卜算子　雨中别达州

谁人投木瓜，谁拾鲛人泪。满目鸿鹄御长风，谁附鸿鹄尾。　　我来溪涨深，我去青云里。若把人情比清溪，我饮清溪水。

·何　鹤

1961 年 3 月生，吉林农安人。中华诗词学会教育培训中心高级研修班导师、《中华诗词》编辑。曾多次获全国诗词大赛第一名及一、二等奖。著有《诗词速成手册》《何鹤诗词选集》《诗词点评笔记》《百字飞花令》《诗中岁月》《律诗分韵集联》等。

赴达州机上偶成（二首其二）

聊将诗兴壮情怀，河岳轻拈笔底来。

跃上云头朝下看，人间都是小题材！

·周燕婷

自署小梅窗，1962 年 12 月生，广东广州人。广东中华诗词学会副会长、《当代诗词》副主编。曾任首届"湘天华杯"全国青少年传统诗词大赛评委会主任、第二届"湘天华杯"全球诗词大赛终评委等。曾在"咏广州""李杜杯""鹿鸣杯"等全国诗词大赛中获奖。作品曾被《中华诗词》《当代诗词》推选为年度佳作奖。著有《初月集》《画眉深浅》《小梅窗吟稿》等。

随东邀入川夜宿巴山

微雨巴山夜，西窗共此时。

不辞千里远，来看涨秋池。

碧瑶山庄即景

影静山横郭，声微水映栏。

一帘青白玉，持向雨中看。

· 曾少立

网名李子梨子栗子，1964 年 6 月生，江西大余人。中南民族大学客座教授。曾任中华诗词青年峰会主持人兼"屈原奖"评委，足荣杯等诗赛评委。曾获《中华诗词》杂志社华夏诗词奖二等奖。出版《李子诗词编年集》等诗集 2 部，译著 2 部，在《诗刊》《中华诗词》《中国韵文学刊》等发表诗词百余首。

徐庶亭 [一]

一荐隆中战血腥，何如花萼看新晴。

英雄滚滚浪淘尽，留得青山着小亭。

〔一〕　传说花萼山系徐庶隐居地。

万源天池坝 [一]

新村古色水云隈，严陆端宜隐八台。

来年相约春风起，看取茶花漫野开。

〔一〕　当地政府正在打造的茶文化小镇。

· 段 维

1964 年 10 月生，湖北英山人，法学博士。华中师范大学政治与国际关系学院党委书记、新闻传播学院教授，兼任湖北省中华诗词学会副会长、湖北省楹联学会副会长、《九州诗词》杂志主编。曾获首届荆楚诗词聂绀弩奖，河北卫视"中华好诗词"征集令第三季总决赛第一名。2016 年，其百余首诗词入选《21 世纪新锐吟家诗词编年》一书。

题达川巴河小景

林梢滴翠打孤篷，未碍船家午梦中。

对面游鱼轻摆尾，半江绿涨芰荷风。

题大风高拱桥

临川高拱作弯弓，直指云龙气贯虹。

我立桥头如一箭，已然蓄势待腾空。

·褚宝增

字应去，号燕南幽士，1965 年生，北京大兴人。现为北京诗词学会常务
副会长兼法人、《北京诗苑》杂志社社长、《诗词家》杂志副主编、北京
大学生阅读联盟导师。已出版《褚宝增诗文选集》《中国古典文学史纲要》
《诗教煌煌》《许永璋诗集初/续编笺注》等。

游开江大梁山（二首其一）

小雨穿云团雾生，含羞山色愈葱青。

群蝉不问我来也，依旧林中放肆鸣。

·萧雨涵

网名秋声敲梦，1966 年 7 月生于兰州，祖籍重庆武隆。中华诗词学会会员、甘肃省诗词学会副会长，中镇诗社、巴山诗社社员。有《待庵词》《润养山馆词》。在《二十世纪诗词文献汇编》等发表诗词数百首。

清平乐　夜宿八台山

怪他秋骤，况是黄昏后。初见犹须藏锦绣，雨到山中如豆。　　轩窗偶尔蝉鸣，新茶斟酌曾经。似此清凉境界，有人不忘营营。

浣溪沙　八台山晨起

唤醒巴山几户灯，卧听檐溜到天明。隔窗负了小空庭。　　忧己梦追忧国梦，打鼾声伴打雷声。奈何高处转阴晴？

浣溪沙　渠县文庙

愧入黉宫万仞墙，石坊颜色写沧桑。坑灰未必似秋凉。　　千古斯人为表率，一隅无处不书香。棂星门下立斜阳。

浣溪沙　渠县汉阙

垅亩残荷剩几家，清溪漫向路边斜。秋凉萧瑟老蒹葭。　雨岫偏遮巴月色，烟村深锁汉风华。当年社鼓起神鸦。

生查子　大竹醪糟

花气送醪香，庭下飘丹桂。一路向巴东，渐入家山味。　几日是重阳，暗洒思乡泪。辄止两三盅，看到佳人醉。

采桑子　和悦山庄

温泉庭院闲灯火，几个相知。笑语如痴，转恨中宵月影迟。　迷离花径频相送，错认疏篱。却说蝉嘶，又恨初逢乍折枝。

浣溪沙　谒真佛山未果，留别戛云诸子

蜀道偏宜响杜鹃，戛云亭上雨成烟。叮咛字句入华笺。　真佛此番无面目，假如他次有机缘。重将离恨话巴山。

菩萨蛮　夜宿龙潭河

夜凉如借前溪水，夜沉缘在深山尾。梅酒酌花间，红尘谁更闲？　　楼空青竹驿，有客鼾声急。轻梦易轻回，荒鸡催又催。

满江红　宿八台山以待日出，不意大雨倾盆

说是前缘，曾耽误、阑干一角。犹未悔、者番凝仁，料应磅礴。乐向白云深处躲，悲从鸿雁闲时觉。小庭空，忽诧有人来，添酬酢。　　良宵月，谁惊落。成混沌，翻萧索。甚群山多事，欠他商略？更遣鲛人移渤海，又摇鲲背游丘壑。骋轻车，回首尽苍茫，无轮廓。

·王海娜

1966 年 8 月生，职业记者。军事科学院《远望》诗刊副主编、诗词班讲师、中华诗词学会教育培训中心高级研修班导师，中华诗词学会女子诗词工作委员会微刊编辑部主任。著有《春在手中》。曾在《诗刊》《中华诗词》《诗歌月刊》《诗潮》等发表作品。

八台金顶观日出

八台凝望混元图，一线橙红人共呼。

山海霞天成巨蚌，徐徐吐出太阳珠。

百丈村听山歌（二首其一）

月辉皴染小山坡，蜂聚村民是为何？

百丈崖前刘姓院，一桌家宴摆山歌。

惜别碧瑶湾留园

唠叨蟋蟀未曾停，一夜屋檐弹雨筝。

晨起掩门人欲别，夹疼雀语二三声。

渠县碧瑶山庄逢三角梅

荒野山坡烂漫生，不凭香气亦闻名。

太阳红透二维码，春色喂肥三角形。

当路相逢尤可爱，夺天造化岂能争。

如霞身影梦曾见，几世人间修得成？

·武立胜

网名抚琴听雨，1966 年 11 月生，安徽淮南人，现居北京。现为中华诗词学会会员、安徽省诗词学会副会长、《中华诗词》杂志编辑。曾多次担任诗词赛事评委。获 2016 年度"珍爱生命　远离毒品"主题有奖古体诗词大赛一等奖、第二届"当代中华军旅诗词奖"优秀奖等。

雨中游开江明月湖

此番景象未曾经，波荡花船载梦行。

岛上桃仙频入幻，池边柳眼乱垂青。

兴来自许倾情唱，雨过端合洗耳听。

游到云开明月起，蟾光照彻小蓬瀛。

·来 均

网名苏莱曼，1967 年 3 月生，浙江萧山人。曾任诗词中国、金陵春杯等赛事评委。获"湘天华杯"诗词大赛二等奖。在《中国韵文》《诗词中国》《中华诗词》等发表诗词数十首。

西江月

片影推窗才入，奇峰挟雨飞来。一池秋涨借谁抬？风起此山山外。　　也有些些绮想，彩云先我曾裁。当时舒卷累人猜，欲往从之何在？

·何 革

网名风波一叶舟、披着狼皮的羊，1967年3月生，四川旺苍人。广元市诗词楹联学会副会长、巴山诗社社员。曾获广元栖凤廊桥全国征联比赛三等奖、汤山温泉全国诗词征集二等奖、首届二期金陵春杯诗词大赛一等奖。在《诗刊》《中华诗词》《岷峨诗稿》等发表作品百余首。有楹联、辞赋刻于重庆合川钓鱼城、昭化古城、剑门关、苍溪寻乐书岩、剑阁五指山等。

八台山独秀峰

嶙峋如瘦骨，千尺耸云间。

纵使风吹倒，何曾寻靠山。

题乌梅山梅帝梅后树

牛女生涯六百年，名成帝后影成单。

且将心底千般苦，化作枝头一味酸。

立八台山主峰

四顾茫茫心胆惊，重围欲破恨无能。

乱云长涌千山浪，绝壁犹悬万古冰。

鸟避山头幽处落，路如人事曲中升。

煌煌气象真开眼，毕竟久居低下层。

谒张爱萍将军故居

寻常一院隐风云，来把当年战鼓闻。

国到沉疴终有药，士当乱世踊投军。

几回戈壁硝烟烈，万里海疆风气熏。

今我安居太平久，且追笔力重千斤。

游马渡关荔枝古道

触目苍凉苔浅深，荔枝故事久湮沉。

马蹄仿佛响天外，蛛网迷茫结树阴。

一路先亏明主德，六军终负美人心。

遗存默默斜阳里，留与诗家作楚吟。

·林　峰

1967年生，浙江龙游人。中华诗词学会副会长兼学术部主任、中华诗词杂志社副主编、上海大学中华诗词创作与研究中心特邀研究员。获"诗词中国·最具影响力诗人"称号和国内诗词大奖赛一二等奖。曾多次作客中央电视台并接受"诗行天下"栏目和《诗词中国》百集电视记录片访谈。著有《一三居诗词》《花日松风》《古韵新风·林峰卷》等诗集。

夜宿达州莲湖山庄（二首其二）

暮山斜照两堪怜，百里湖波入晚烟。

石绽莲花何处是，已将清白种心田。

寄达州诸友

又见红云绕帝都，巴山别去究何如。

忆中满是诸君子，身在天涯亦不孤。

万源八台山

凭崖直上最高台，天泛珠光紫翠开。

袖底岚随飞鸟散，襟边瀑自抱琴来。

万山浮动云初白，一径扶疏心尚孩。

谁道巴东青月小，琼辉依旧绝尘埃。

水调歌头　谒达州元稹纪念馆

楼列众山碧，凤起水云中。清风拂处，林光爽气满川东。坐挽流年如梦，细数茱萸九月，策杖访遗踪。度旷北溟阔，绝响动遥空。　　元与白，两司马，有谁同。飞扬乐府如雪，掌上幻潜龙。更借西厢月影，来遣悲怀万种，酹酒问归鸿。携子登高去，千点翠华浓。

· 江 岚

1968年生，河南信阳人。中国人民大学文学硕士，曾供职于中华全国总工会。现任《诗刊》编辑部副主任、子曰诗社秘书长。作品散见于国内各诗词刊物及云帆、小楼、搜韵等微信平台，主编有《相映集·六人诗词选》。

己亥夏日参观渠县汉杯酒业

汉王昔日仗斧钺，挥师直抵蜀山缺。

要与霸王争天下，大纛一展风烈烈。

阵前慷慨自动员，言罢举酒壮行色。

五年搏杀惨胜出，终握九鼎开帝业。

闻道所饮即此酒，二千余年香犹洌。

回首汉王安在哉？故国徒存汉时阙。

把盏莫教轻怀古，斟满一釂蜀山月。

·康映国

1968 年 10 月生，四川广元人。四川省诗词学会会员、昭化区诗词学会副会长。作品散见于《中华诗词》《诗潮》《四川诗词》等。

乌梅山看千年老梅

经年伫立古风存，老干皱皮瘦石根。

高处休怜曾寂寞，满山梅树是儿孙。

·吴 江

1968 年生，四川遂宁人，高级教师。作品散见于《诗刊》《中华诗词》《岷峨诗稿》《长白山诗词》《星星诗词》等。曾获第二届"泊爱蓝岛·相约七夕最美原创诗词"大赛二等奖、"石岐龙舟颂"全国诗词楹联大赛一等奖、"潍坊 1532"杯首届传统诗词创作大赛二等奖、普彤塔寺肇建 1950 周年海内外诗词楹联大赛二等奖等。

随众诗友上乌梅山

忝列行间不落单，攀枝摘果味千般。

好诗涌上二三句，欲与乌梅一较酸。

·杨静函

网名清莲沐雨，1969 年生，山西应县人。山西诗词学会会员、朔州作协会员，太原杏花诗社、晋社社员，中镇诗社、塞上吟坛公微编辑。作品散见于《中华诗词》《中镇诗词》等。

鹧鸪天　逢中秋寄戛云亭及中镇诗友

一别巴山隔万重，从今常忆旧相逢。情长还似绵绵雨，月满渐匀浅浅盅。　　思不歇，句难工，各人心事尽相同。屏前分付蝇头字，寄入苍茫夜色中。

·李清安

字清庵，笔名瘦竹，别署抱一壶庐主人，1970年3月生，湖北建始人。中华诗词学会理事、湖北省中华诗词学会副会长、《诗词家》杂志社社长、恩施州诗词楹联学会会长。出版《清庵诗草》，主编有《清江诗词》杂志。

泛舟九龙湖

白鸟悠悠逐浪飞，群山环侍绿成帏。

一船拍客兼诗客，共载清风缓缓归。

·胡玉鹏

网名老胡，1971 年 5 月生，湖北天门人。云居诗社社长。曾任云居诗社、湘天华诗社等赛事评委。曾获"诗酒趁年华"珠江月全国网络诗词大赛一等奖、云居诗社"摊破浣溪沙·咏茶"诗词大赛一等奖。在《诗刊》《诗词家》等发表诗词数十首。

步邓兄韵游真佛山

欲修正果意何曾，每至关前总不能。

真佛一尊埋作骨，妄言几句莫成凭。

悟心已是田生草，觉海还须夜引灯。

雕尽楼台无用处，也藏儒道也藏僧。

·刘鲁宁

1971 年生，山东海阳人，现居上海。中华诗词学会会员、上海诗词学会常务理事。2007 年起习学格律诗，作品以绝句为主。

元 稹

三生因果不须评，至重莫非身后名。

千载通州一司马，何曾黎庶说元轻？

· 师红儒

网名烛焰，1971 年 9 月生，山西朔州人。中华诗词学会、山西作家协会、山西诗词学会会员，中镇诗社、晋社成员，《马邑诗词曲》主编。曾获大美绥宁"绿洲杯"全国散曲大赛一等奖。出版诗词集《葵窗集》等，作品散见于《诗刊》《中华诗词》《当代诗词》《岷峨诗稿》等。

参观元稹纪念馆感作

嘉树层楼水一湾，为君远上凤凰山。

年时春气依稀在，念里悲风取次删。

沧海扬尘非说梦，斯情解处若连环。

川东九日尽回首，不信诗人望不还。

谒渠县文庙

賨都高阁动清光，肯放尘烟过一墙？

雨霁阶痕多洗净，我来泮水亦生香。

容身尽道戟门窄，感世难辞秋意凉。

不惑年华真有惑，森严廊下再端详。

行八台山玻璃栈道

久育凌云志在胸，始知此处不从容。

失声脚踏筑巢燕，回首肩齐砺剑峰。

壁立巉岩缘有骨，怀虚块垒竟无踪。

分明二两卑微命，何患烦忧百数重？

游宣汉洋烈水乡

幽山丽水作围屏，乐在川东行复停。

波漾一墙鸥鹭白，廊回十里苇苕青。

小村灯上鱼初熟，曲径人归日已暝。

说及当年洪涝后，长教来者不堪听。

·姚泉名

1972 年生，号涿庵，别署奓湖轩主，湖北武汉人。中华诗词学会常务理事、海峡两岸中华诗词论坛组委会办公室常务副主任、湖北荆门聂绀弩诗词研究基金会代理事长、巴山诗社社员。著有《奓湖轩吟草》《竹笑集》等。

乌梅山竹枝词（六首其二）

百节滩头低万枝，赏梅不止属花期。

漫山熟了端阳果，正是英雄煮酒时。

宣汉洋烈竹枝词（五首其三）

平桥不是旧时桥，州河流水自逍遥。

迷宫种在花田里，小艇乌蓬系柳条。

登万源八台山

川渝分野际，九折上八台。

深壑云填紧，寥天鹰扫开。

山翻海潮过，风扯虎威来。

大块目难极，无言意若哀。

谒李依若故居

石塘故宅碧苔寒，马渡村中诚可叹。

一曲情歌天老易，百年痴史梦醒难。

衡门有待为谁锁，青眼无妨向汝酸。

不共游人堂外唱，独寻孤冢对群峦。

浣溪沙　访张爱萍将军故居

小院当初邻几家？门前池水似杯茶。请君小坐忆年华。　　白发将军身幸在，丹心许国事堪嗟。等闲莫作此生涯。

定风波　宿达州莲花湖

城外山围湖水平。清波翠竹夜无声。我醉欲眠偏又醒。峰影。推窗邀入两多情。　　莫笑痴狂皆过客。沉默。何妨掬水濯冠缨。身在达州心可达？惭煞。一生肝胆却山行。

马渡关

古道隐隐红尘簇，疑听萧萧马鸣逐。报是涪州荔枝来，妃子一笑百姓哭。江山在手爱美人，敢问天下有不服？美人如花嗜荔枝，蜀道更倩五丁缩。君不见二十里换人，六十里换马，荔枝须比军书速。人瘁马死荔枝抛，化作乱石散壑谷。英雄不怜荔枝苦，为羡君王起逐鹿。藏兵故垒锁关山，荔枝美人尔专独。尔独尔专能几时？百代萧瑟皆草木。如今马渡关前空相待，美人所嗜已非荔枝熟。

·张青云

字寒枫，号梦渔，1973年生，重庆云阳人，现居上海。金山区图书馆古籍部主任、首席研究馆员、中华诗词学会会员、中国楹联学会诗赋委员会委员、巴山诗社社员、中镇诗社社员、上海市文史研究馆诗词研究社特聘研究员、上海诗词学会常务理事。作品散见于《人民日报》《诗刊》《中华辞赋》《中国韵文学刊》等。著有《弘毅山房诗钞》《汉风阁辞赋集》《致远斋骈文》等。

己亥端阳达州巴山诗社成立喜赋

戛云亭古艾蒲馨，大纛初张倡性灵。

结契巴山多老宿，放怀渠水有中青。

骚人吐凤同三宿，词客探骊共一庭。

元九风流犹未绝，雄才递起爧群星！

· 王震宇

1975 年生，辽宁葫芦岛人。曾获 2016 年陈子昂诗歌奖。著有《独笑楼诗存》《剑南诗选》。

竹　海

风露溢四围，徜徉日之夕。

歌啸彼何人，划然入深碧。

万源道中

蜀山烟雨正迷濛，万叠奇峰婉转通。

最爱人家临水住，柳荫闲系小乌篷。

宿达州莲花湖宾馆

巴山夜雨响回廊，小挂奚囊兴味长。

淅沥几番分客梦，飘飞万点送秋凉。

江湖事剩衣襟酒，文字功成鬓角霜。

寂寂人声容独坐，平湖浪起度清商。

·李治云

1975 年生，号留云堂，广东高州人。现为广州花都芙蓉诗社副社长、广州花都楹联学会创会人之一、阳山诗社顾问、《芙蓉诗辑》主编。

达州行步白香山韵

始得闲余向北游，川中来逐大江流。

一从沧海怀元九，几度清思到达州。

树古能将丹凤引，峰高莫与白云愁。

巴山岂是凄凉地，欲筑幽居在上头。

·马峥嵘

网名井中月明，1975 年 12 月生，北京人。云居诗社发起人之一。在《诗刊》等发表诗词多首。

题八台山独秀峰

巨柱千寻势未休，松生顶上点青留。

巴人漫有雄奇志，竖起朝天一指头。

过八台山十八弯

车行山上似龙盘，脚底云生肝胆寒。

大概人生同一路，最关键处转头难。

鹧鸪天　题八台山玻璃桥

对峙青峰万仞高，横空垂落水晶桥。姑娘转脸惊丢粉，汉子依栏怂似猫。　　沉住气，放松腰。小心迈步莫滑跤。直通关后拍胸笑，生死边缘走一遭。

· 韩倚云

1977 年 5 月生，河北保定人。北京诗词学会副会长。曾任《诗刊》2016
年度诗词奖终评委、首届剑门关诗词擂台赛终审评委、全国爱江山杯高
校诗词大赛终评委。曾获《诗刊》2015 年度青年诗人奖等。出版《倚云集》
等专著三部，在《中华诗词》《诗刊》《岷峨诗稿》等发表诗词 300 余首。

浣溪沙 川东莲花世界

远望风荷接碧云，莲花前后绕衣裙。我来此地长精
神。 毕竟清波生品骨，从来泥土系心魂。画图作手是
村民。

摸鱼儿 开江飞云温泉夜浴感赋

映河灯，夜光莹净，灵泉千斛浸润。蒸腾盈满瑶池
后，仍接碧山云阵。开险峻。料想是，暗河玉浪人间奋。
今朝应信。算万古真情，潜生岩腹，早把此心蕴。 清
波里，谁管霜丝青鬓，谁分聪慧愚钝？我来也似长流水，
诗句何曾悭吝？消郁闷。还自笑，棋枰布局知才尽。出
门休问。任歧路云泥，柔毫紧握，依旧守丹寸。

·向咏梅

网名咏咏，1978 年 12 月生，重庆奉节人。中学教师，巴山诗社社员。曾获中国白帝城国际诗词大赛银奖。诗词散见于《岷峨诗稿》《星星诗刊》《漱玉》等。

鹧鸪天　入达州

五月轻尘入达州，满城花色见风流。因逢旧雨犹相记，便得闲情当自由。　　朱椅净，碧塘幽，浮云远日两悠悠。直须放浪平生意，吟醉青山与白鸥。

鹧鸪天　题莲花湖

谁取瑶池酒一觚，酽成千顷藕花湖。白云浮处生鲜碧，翠盖倾时跳乱珠。　　霞外鹤，水中凫，长鸣引颈似相呼。欣然许个盟鸥诺，待我今生筑野庐。

临江仙　巴山雀舌

自出灵山心淡雅，玉肌浸透香痕。素衣凝露不生尘。清风扶翠影，明月湿行云。　　活火松窗轻入鼎，石泉竹雨清新。座中几个散闲人，指间瓯一盏，磨掉半帘春。

金缕曲　访李依若故居[一]

怅立空庭久。问平生，命途多舛，覆翻谁手？坠玉何郎频摧折，竟作先衰蒲柳。真应了，情深难寿？故卷遗踪何处觅，看长天仙乐催云袖。跑马曲，为君奏。

一春花事成枯守。叹西风，恁般情恶，恁般荒谬。纵有云鬟常作侣，留取琴心依旧。怎禁得，樊篱栏厩。看遍人间多少事，总不过，情理难参透。风雨里，雪霜后。

〔一〕李依若，《康定情歌》作者，与同姓女子相恋，却被家人不容，被迫分开。他与李家女子跑马康定草原，由此成就经典之作。其后命途不顺，郁郁成疾，英年早逝。

·刘 斌

网名留取残荷，1983 年 4 月生，江西广昌人。承社、龙社、切社社员。曾获中镇诗社"足荣杯"2017 年度好诗词奖。编选有《今人七绝一千首》《城市诗词三百首》《当代女子诗词六百首》《网络诗坛精评三十家》《网络诗坛点将录拾遗八十家》和《当代诗词精华录》等。作品散见于《当代诗词》《岷峨诗稿》《中华诗词》。

达州通川铁桥

百丈桥横一箭湍，男儿曾此出三川。

拭枪心更疾于箭，不沥沙场血不安。

· 卢 笙

1986年1月生,四川广元人。现供职于广元某国企。中华诗词学会会员、《广元诗词》副主编。

列宁牌坊(词韵)

久伫牌前仰九冥,伤痕漫抚意难平。

老人犹说红羊事,第一功臣是列宁。

巴河泛舟二首

其一

白云浮水两悠幽,八面风光放眼收。

人在艄公号子里,随船一晃过山头。

其二

河上风清日未曛,人间天上已难分。

船儿行到急弯处,划破青山撞碎云。

·唐颢宇

1991 年生，江苏南京人。小字海棠，斋号小狐仙馆。

晚至达州宿莲花湖畔

水腴山润绘寒天，落地俱携满袖烟。

寂历古城风气在，沧涟秋水雨丝悬。

夜光明处飞红叶，晓雾深时放白莲。

定有孤吟长啸客，云中荡泊钓鱼船。

达州旅驿

虫鸣床下蜀天秋，客舍书空息远游。

竹树萧萧连怅望，湖云寂寂拥沉浮。

廉纤雨涨诗人泪，黯淡灯飘山鬼愁。

悬想微之寒夜病，琵琶声里梦江州。

访凤凰山元稹纪念馆（三首其二）

独伫高台似不群，宫词隐约动相闻。

流连凤馆风犹在，想象龙门日亦曛。

远客飘然来怅望，幽花蓂地下纷纭。

今春又自白园过，好为香山一访君。

八台山中

小宿深峦异世间，登临云罅隐寒天。

要书惆怅无非雨，欲看湖山一概烟。

只有长风凋木叶，更无高士结缠绵。

苍茫大块嘘蜃气，指点迷津应蔚然。

浪淘沙　碧瑶山庄即事

秋气起苍冥。白露泠泠。无边香雾下前庭。摇曳满身花影乱，四角风灯。　　独自立孤亭。仰望寒星。湖山深映眼中青。一片池莲都睡了，梦里虫鸣。

巴山夜雨赋（以题为韵）

巴山寂寂兮，万峰清苦。山风萧萧兮，起于秋浦。渐光灭而天阴，倏彩沉而日暮。乱云生兮木叶舞。暝色合兮悬夜雨。迁客愁兮迷远路。诗人悲兮敲新句。漠漠层峦，重重宿雾。扑面沾衣，绕梁沿柱。晕青染于前溪，堕红湿于后素。淅沥而动檐廊，淋漓而垂园圃。

且夫疏之如绤，密之如纱。缓之如拨，急之如挝。哀之如管，怨之如筇。听之有泪，思之无邪。垂眸片刻，微之搁寄书之笔；侧耳多时，玉谿剪烧烛之花。崇让宅中之蝙，骤翻帘幕；浔阳江头之伎，深诉琵琶。独倚阑干，近侵眉眼；相随钟鼓，远落天涯。烟分兮九点，水带兮三巴。是于此处兮漱泉石，不知何方兮幻烟霞。

锁钥深扃，帘栊低亚。布丝网而紧抽密缠，郁襟怀而轻触深惹。潮落而长波初明，风吹而圆点乱洒。泠然而坠危檐，铿然而击鳞瓦。泪涨秋池，声闻大野。游子叹其衾孤，秋虫入我床下。当此飘风之夕，零露之夜。身寄幽庭，旅羁客舍。能不动蜀帝之思，感唐风之化。筼竹竿前飒飒，万籁息时；芭蕉叶上涓涓，一篇吟罢。

遂有花飞翻，水潺湲。秋心宛，客情闲。清江蛟跃，影收芦荻之渚；碧涧猿啼，声送枕函之间。须臾止歇，梦里云开半嶂；天地空明，匣中月吐连环。俄而复积淅淅，渐至潸潸。势不可遏，态固能顽。混茫乎雷隐一角，闪烁者电行千山。摇曳而侵帷缘，灯飘珠箔；昏沉而入窗隙，雾湿玉鬓。冷兮凄兮氤氲而生怅恨，飘兮荡兮次第而出城关。

吁嗟乎，夫夜雨兮谁为主。昔入古人诗赋，今入我之窗户。窗前潇潇兮竹与树。吟蛩兮动股，鸣蝉兮振羽。千山兮万山，千缕兮万缕。缠绵兮今夜雨！一声声兮滴肺腑。

下卷

·米 槐

1929 年生，四川巴中人。曾任地下党南江县委书记，解放后先后担任万源县县长、达县钢铁厂厂长、钢铁指挥部副指挥长兼冶煤局书记、地经委副主任兼副书记等职，1992 年离休。四川省老年诗词研究会理事、戛云亭诗社首任社长。出版有《米槐诗集》。

元九登翠屏山

翠屏寒锁百花苑，游侣仍多兴满怀。

休叹野芳开放晚，春风会带钥匙来。

·曾宪鑫

1935年1月生，四川开江人，西南俄专肄业。1950年8月参加工作，在地县党政机关和大中专院校从事秘书、行政和教学工作45年。退休后钟情文艺创作，在国内外报刊发表诗词、散文、篆刻等作品，有《水木集》、《晚萃》（均为与妻合著诗文集）、《坐看云起》（自书诗词选）和《石乐印存》出版。中华诗词学会等多个诗词社团成员，现任省老诗会顾问、市戛云亭诗社副社长兼《戛云亭诗词》主编。

【双调·殿前欢】老年大学

乐无边，看新朋老友满堂欢。任花开花落何须叹，理得心安。歌声儿流水般的脆而鲜，舞步儿行云般的美而健，笔头儿彩霞般的璀而璨。恰便是神仙似我，我似神仙。

【正宫·叨叨令】夏日

炎炎赤日当空晒，滔滔热浪铺天盖。三餐厌食成常态，一丝不挂莫惊怪。透心凉也么哥，透心凉也么哥，大盘重现绿丝带。

【仙吕宫·一半儿】杂吟（三首其三）

昨天还是一枝花，今日当成豆腐渣。老眼难分金与沙。且由他，一半儿装聋一半儿傻。

·陈开胜

1937 年 5 月生，四川开江人。出版《新宁之春诗词集》《金盾歌诗》《赤诚词集》《徐香诗草》等，在《达州文艺报》《西部潮》《晚霞》等发表诗词。

峨城山写意

峨城高入天，古寨覆苔鲜。

驿道攀危壁，竹林走响泉。

村如星聚散，路似老藤牵。

樊哙演兵处，关关闻杜鹃。

·刘光烈

1937 年 8 月生，四川万源人。四川省诗词协会会员。曾付梓《劲草集》，
与人合著《古韵新吟》。

山　韵

白云缕缕出青山，云自飘飘山自闲。

如此丹青谁画就，小窗欲框未能全。

·张发安

网名秋叶红也，笔名华安，1938 年生，四川巴中人，现居重庆。重庆大学诗书画院诗词研究室副主任、《歌乐行》诗刊副主编。著有《张发安诗文集》。曾在《名作欣赏》《写作》《美育》等发表鉴赏论文多篇。与人合编有《文学基础理论》《巴蜀旅游文化》《重庆国诗》《巴渝诗词》《歌乐行》《晚晴诗词》等。

夭　桃

豆蔻依门立，婷婷一朵霞。

郎从檐下过，借故看桃花。

·任本君

1938年7月生，四川平昌人。中华诗词学会、四川省诗词协会会员，达州市戛云亭诗社副社长。著有诗词集《金兰幽草》一、二、三集。

穿越巴山秦岭

巴峰耸峙云天，秦岭又露巍然。

苍翠簇拥苍翠，晴岚复映晴岚。

短桥亲吻长隧，小折屈从大湾。

莫恋太白鸟道，酣逐一马平川。

·朱景鹏

字行仰，号三水居士，砚云斋主，笔名三水、郭淼。1943 年生，四川渠县人。中华诗词学会会员，曾任达州市诗词协会副主席。有《朱景鹏诗文集》《朱景鹏自书诗墨迹》面世，主编《达州旅游诗词》等。

春　咏

春光又至凤凰山，绿满竹岗花满川。

莫谓白发迟暮近，痴情犹在蕊红间。

·曾凡峻

笔名曾经，1943年10月出生，达县人。毕业于西南财大。中华诗词学会会员、达州市夏云亭诗社社长。有诗词集《曾经咏稿》20卷，已出版《光华之歌》和《巴山新韵》。

山花子　天然图画即景

鸟送清音花送香，葱林滴翠石生凉。眼前一幅天然画，透霞光。　　曲径通幽蝉正唱，枝头松鼠捉迷藏。身临其境原非梦，喜欲狂。

清平乐　开荒种菜

汗如雨下，滴滴千金价。挥舞银锄忙个啥？要种菜蔬一坝。　　心红人胜天公，手勤食足衣丰。乱石垒成梯地，满栽萝卜香葱。

如梦令　秋收场上速写（之二）

拌桶欢歌不断，稻谷金光灿灿。双臂力千钧，震落白云一片。一片，一片，顺手拾来揩汗。

·杜括然

网名心怀天下，1945年生，达州人。中华诗词学会会员、四川省诗词协会会员、达州市夏云亭诗社副社长兼秘书长、《夏云亭诗词》副主编。

峨城山竹海

峨城竹海叠春山，一唱云峰翠叶间。

石上铮铮流水奏，分分秒秒未曾闲。

·李本华

1946 年 6 月生，四川开江人。作品曾在《巴蜀诗词》上发表。

春日游滨河路有感

又是年来物候新，烟笼沙岸步芳晨。

风和水绿粼粼浪，雨细山青冉冉氲。

鸥鹭迎人头共白，桃樱夹路笑同春。

多情最是垂堤柳，牵发牵衣不放人。

· 李德明

1947 年生，四川开江人，现居成都。四川省诗歌学会、蜀社会员。作品曾在《星星诗刊》等发表。

明月湖

聚水成渊一坝高，渡分山色野花娇。

千顷湖浪因风起，十里松声入梦遥。

自度春秋闲鹭乐，无妨晴雨钓翁招。

农家惯走桃园路，晨夕荷锄过小桥。

老妻迫余染发戏作

稀里糊涂浆洗之，生将白发变青丝。

但求镜里增颜色，懒管腹中藏赘脂。

背痛腰酸人不察，神枯气紧已先知。

顶巅作秀君休笑，假假真真正入时。

·伍蔚冰

网名五哥，1947 年 7 月生，四川开江人。曾任四川省诗词学会理事。曾获开江荷花征联赛事二等奖。在《岷峨诗稿》等发表诗词余首。

蕨

山野春来随意发，东风挥洒到天涯。

冥冥不与安身地，石缝撑开也是家。

·程志强

1947 年生,四川邻水人。中华诗词学会、四川省诗词协会会员。著有诗
歌《伯坝集》、《隶书论》等。作品入选《当代中华诗词集存·四川卷》

巴山背二哥

巴农精壮短胡茬,硕大背筐似喇叭。

负重如驼春色里,江南江北走千家。

·孙仁权

笔名子希，1949 年 1 月生，四川万源人。中华诗词学会会员、巴山诗社社员。作品发表于《中华诗词》《诗刊》，在全国大赛中多次获奖。已出版《子希诗选》《巴山诗话》等。

庄子梁吟（二首其一）

忙里农家谁带娃，打工父母走天涯。

竹箩一个田边放，装着孙儿吮晚霞。

田家吟

五月乡村人倍忙，清晨刈麦午插秧。

心忧日脚西山去，扯根藤藤拽太阳。

·向胤道

笔名向一，1949 年 10 月生，四川达州人。四川省诗词协会会员、夏云亭
诗社副社长。已出版《远山之呼唤·向一诗词选》《诗海拾贝·向一零八
零九诗稿》等诗文集。

牛　山

一挣丝缰自九天，开江本是米粮川。

来人莫问封仙事，脚力有谁封过仙。

· 廖灿英

网名颤音，1949 年 11 月生，四川开江人。中华诗词学会会员、巴山诗社社员、开江县诗词协会主席。曾获"新视点诗词大赛"等金奖。有《古风今吟》《颤音文论》等出版，主编诗词合集《诗意开江》四卷。

回老家

疾步若狂摔一跤，桥边老柳把头摇。

弯腰伸臂欲相挽，好个当年淘气包。

犁　田

春天来到犁耙上，汗播西畴耕事忙。

昨夜一怀秋穑梦，手头还有稻花香。

薅　秧

溜冰花样行，两纵又三横。

雨猛蓑衣重，风停斗笠轻。

低扶二妃竹，高唱九嶷情。

一曲千人和，青云竖耳听。

·谭顺统

1950 年 8 月生，四川开江人。中华诗词学会、四川省诗词协会会员，巴山诗社社员。诗词发表于《中华诗词》《星星诗词》。已出版诗词专集《洗诗明月湖》《云痕一抹》《秋韵》三部。

秋山行（三十首其二十五）

山头云一片，浑似白纱巾。

风儿深解意，转赠砍樵人。

野　渡

船泊枫桥下，未知何处投。

江风半堤草，雁字一天秋。

叶落无人问，花残有客愁。

嶕峣孤嶂外，谁个牧青牛。

秋　韵

飞鸿留字亦留声，沿路关河细点评。

园售橘香风派送，山开花市蝶经营。

湖中船载渔歌去，松下云扶酒客行。

跻彼高岑匀秀色，飘然一笛到蓬瀛。

南歌子 新村

水岸林归鸟，田头草鼓蛙。驱羊嫂子半篮瓜，鬓角偏还斜插一枝花。 家境皆趋好，心情自不差。纵然翁媪嘴无牙，兀那干巴脸颊也飞霞。

如梦令 塘边戏吟

风送最新情报，鹅鸭对歌跑调。借问路边鸦，说比凤吟还妙。堪笑！堪笑！鸟雀也知抬轿。

汉宫春 游宝塔坝十里荷花景区

晓日初红，正莲花烂熳，灼灼莹莹。波清小荷试箭，每中蜻蜓。翩翩浪蝶，总贪香、却道多情。风细细，佳人巧笑，问莲谁更娉婷？ 乃荷开早市，有青蛙叫卖，白鹭经营。翛然水亭画客，笔走丹青。船头巧妇，揽游人、曲意逢迎。堪笑我，诗情渐老，也来净地耘耕。

·孙和平

1950 年 10 月生，四川开江人。曾任四川省委党校（四川行政学院）教授。

春　晨

侵晨细雨湿青苔，乍醒山花未及开。

早有阿蛮红伞女，春风得意出村来。

·萧一化

1953 年 10 月生，四川达州人。曾有散文和诗词在省内外报刊发表。

旅次怀远

落木萧萧秋草黄，蛩声暮雨久敲窗。

青葱岁月唯留梦，黔北天心雁一行。

田　家

小院渐秋凉，斜晖又过墙。

稻黄杨柳外，人倚石阶旁。

鸡鸭绕双膝，儿孙散异乡。

扶腰理农具，一喘一停忙。

·安全东

1954 年生，四川平昌人。四川省作家协会会员、巴山诗社社长、《巴山诗词》主编。作品发表于《解放军文艺》《昆仑》《星星诗刊》《诗林》《散文百家》《四川日报》等报刊杂志，结集出版有诗集《吹过屋檐的风》《云水集》等。

瞻张爱萍故居（三首选一）

青山欲合围，白云低不度。

将军故宅在，只供清风住。

夏日乡村绝句

其一

藤蔓披垂一架花，浓荫匝地自清嘉。

最怜久雨新晴后，蚯蚓蹒跚学篆沙。

其二

小院无人日自中，门前瓜菜涨青红。

无风但见网罗动，一个蛛儿正斗虫。

晴川（二首其一）

一带晴川入望遥，凫鸥翔集水迢迢。

人闲但觉山看我，多少峰峦欲过桥。

银　杏

冬日寒流望处深，寻梅访鹤到园林。

眼前一树三千丈，尽是西风劫后金。

马渡百丈村访《康定情歌》作者
李依若故居（五首选一）

老屋歌声远近闻，阿哥阿妹对殷勤。

斯人去后魂犹在，知是巴山哪片云。

之宝塔坝欲登宝泉塔因雨未果

江山不负我，人物此推尊。

一霎鸠前雨，半帘荷外村。

塔危衔岳色，树老露云根。

未尽攀缘兴，青襟浣酒痕。

雨中游大梁山喜闻盘歌[一]

梦幻何曾到，川渝此地分。

万山青洗眼，一鹭白翻云。

林籁归蝉噪，仙音绕耳闻。

有松风不静，夭矫自成群。

〔一〕　盘歌为当地流行民歌之一种，时有盛装男女相与对歌以作欢迎。

登凤凰山凤凰楼

凤凰楼矗半摩空，雕镂玲珑四面风。

漫有云霓常绕柱，还看日月正当中。

时清自可驭龙上，帆饱真能向海通。

一览群山低且小，州河如带去匆匆。

浣溪沙　马渡刘家院子听唱民歌

风里枇杷一院香，黄昏演唱正登场。男挑女逗是清狂。　　扯片烟篁都入调，吆群鹅鸭也成腔。称名端不负歌乡。

117

八台山歌诗

万源之源壮而美，八台之山多奇诡。一台一台复一台，直上天门摩帝趾。碧霄日月双跳丸，光辉照彻绝尘滓。极目顿觉天地开，周揽何止百余里。近山浓攒啸苍龙，远山渊默如处子。层层叠叠互为邻，高低倚侧唇与齿。中有岚雾不轻发，发则缥缈幻神鬼。忽雨忽晴穷变化，二十四番交相戏。青岩陡从人面立，瀑流喧豗马失辔。得春气息花争发，或红或黄或粉紫。夏日清飙凉且厉，人衣裘棉战栗以。天秋直欲欺画师，枫栎交攻绚欲死。白雪积素冬更好，千峰安卧如高士。高士名曰徐元直，隐逸山中招不起。棋盘如山山如棋，仙人何处风过耳。独秀之峰标幽独，看来区区一手指。万景罗列行不足，风云得路声齿齿。候分南北贯其间，山何荣兮界彼此。如斯地利殊无侪，近年风气重开辟。路宽自可驰飙轮，十八盘上平如坻。玻璃栈道玻璃桥，险夷真隔一张纸。须知金鼎云霞窟，朝涌赤铜暮金髓。赤铜金髓号天浆，不待饮酌心已醉。乃知造物钟此山，八台神秀罨画拟。我欲久契烟霞约，与尔万世为兄弟。

·杜泽九

网名艳阳天，1954 年生，四川达州人。中华诗词学会理事、四川省诗词
协会副会长、达州市诗词协会主席兼《大巴山诗刊》主编。曾在《中华
诗词》《星星诗刊》等发表作品，有三十多件作品获省市奖。

宿农家早醒

醒后窗前鸟唤床，味回昨夜梦生香。

翻身一跃出门户，长啸三声震碧苍。

秀色可餐心半醉，凉风拂面意多狂。

林间踏露欣信步，秋老虎中人觉凉。

秋游达川百节滩

大假相邀百节滩，一壶家酒暖秋寒。

道旁新屋花繁树，河岸古榕云蔽天。

村妇洗衣儿戏水，老牛卧草仔撒欢。

浦滩大浪淘沙去，唯见度人桥似磐。

·冉文波

网名梦想的力量，1958 年 3 月生，四川开江人。中华诗词学会会员、四川省作家协会会员、开江县诗词协会副主席兼秘书长。作品发表于《中华诗词》《岷峨诗稿》等，已出版诗集《登秋》。

南乡子 峨城山

晓露湿疏钟，山半云摇古道风。新竹尽先翻作浪，空空，长是苍颜主险峰。 高垒舞阳功，拔起峨城剑气雄。隐过白莲多少事？匆匆，只见残碑夕照红。

·胥　健

网名宕渠风，1958 年 7 月生，四川岳池人。达州市人大常委会主任，中华诗词学会会员。出版《岁月浅吟》词集。

城坝遗址见闻

别样豪奢天下罕，物华何处不千年。

屋墙老井猪牛舍，信手指来乃汉砖。

卜算子 春游

一夜舞东风，两岸桃花闹。水媚山蒙百鸟鸣，共报春来早。　　览景趁今朝，莫负春光好。踏遍泥泞兴更高，笑洒羊肠道。

巫山一段云

翠岭藏山寨，玉湖映碧峰。瀑飞深涧出霓虹，山水画图中。　　林静子规急，春深花露浓。犀牛高卧浴霞红，朝夕品松风。

武陵春　巴山梨花雪

四月缘何飘瑞雪？万树尽冰香。沐露临风浴暖阳，玉蝶舞霓裳。　　莫叹匆匆春渐暮，彼歇此芬芳。叠彩巴山花季长，春久驻，任徜徉！

·李荣聪

网名川东散人，1958 年 8 月生，四川平昌人。达州职业技术学院副教授。达州市诗词协会副主席，巴山诗社常务副社长、秘书长，《巴山诗词》常务副主编，中华诗词学会、四川省诗词协会会员。作品散见于《中华诗词》《岷峨诗稿》《当代诗词》《中镇诗词》等。曾获第四届"诗词中国"创作大赛二等奖，第二届现代诗词大赛二等奖，第二届环球华人中国梦·深圳杯诗词大奖赛二等奖，"足荣杯"戊戌年度好诗词奖等。出版《川东散人诗集》一部。

独秀峰四咏（选一）

问山何处佳，车向八台驶。

君看独秀峰，白云翘拇指。

题大梁关遗址[一]

路旁界石在，脚下已无关。

老柏闲闲立，擎个鸟看天。

〔一〕　大梁山乃川渝界山。

夜眠乡宅

醉眠乡宅梦回家，醒倚孤窗看月斜。

一树清辉应不重，三更压落紫桐花。

春山行

青山隐隐雨如麻，石径斑斑覆落花。

崖上忽闻人语响，白云吐出二三家。

船游明月湖听诗友对歌

一唱一和一堂笑，黄腔走板不成调。

船儿乐得颤悠悠，岸上青山同舞蹈。

雨中宿飞云温泉宾馆

夜卧飞云窗未关，梦中总觉与谁眠。

醒看林木站着睡，叶上沙沙雨打鼾。

宿蕉溪河畔有忆

曾经携手看莲开，故地行吟徘复徊。

夜卧孤窗寻断梦，溪声流到枕边来。

春中即景

溪水抱山山抱田，桃林深处起炊烟。

农夫犁罢渠边坐，白鹭充当检查员。

洋烈水乡

黛瓦灰墙次第开，小村初建样儿乖。

青山引路欲牵走，碧水慌忙揽入怀。

八台山观落日

残峰跳起欲吞日，云海苍茫竟作台。

我攀危栈长挥手，却恨西山撵不开。

西江月　游八台山栈道

头上鹰旋松挂，脚前壁立廊空。绝崖万丈走长虹，踩得风惊雾纵。　　曾是秦巴锁钥，今成行旅迷宫。凭栏一唤众山从，任我吆龙喝凤。

·邓建秋

网名山那边，1960 年 10 月生，四川渠县人。渠县人大常委会副主任。中华诗词学会会员、巴山诗社社员。作品发表于《岷峨诗稿》《星星诗词》等。曾获第四届"诗词中国"创作大赛一等奖。出版诗文集《壮岁集》。

春游龙潭

龙潭龙去只余潭，春日重来兴也酣。

涧水缘山穿峻石，兰舟分柳入轻岚。

香浓香淡花千百，衣紫衣红人二三。

林下农家呼客坐，新茶滋味似曾谙。

陪中镇诸子入住碧瑶庄园

本与湖山是故人，相看愈久愈相亲。

隔池松竹声环牖，对菊烟霞气满身。

水可流觞多婉转，亭能赌唱足风神。

碧瑶园里今宵雨，又为新词布一轮。

访张爱萍故居

枇杷院落午风薰，野草凡花见不群。

门对巴山千顷碧，墙书上将百年勋。

此时榕叶鸣如剑，当日蘑菇化作云。

未必留名皆饮者，还听梁燕语殷殷。

游真佛山

世人见佛究谁曾，到此山中信或能。

泥塑有灵浑不解，苍生无恙但为凭。

何妨百药当千偈，自是诸缘供一灯。

看罢沿途花草树，毋庸问道与闲僧。

八台山眺远

无边胜景竞相开，十九弯环登八台。

落日融如神火漫，群峰涌若海涛来。

一天云水杯中饮，万里河山掌上裁。

自立层巅挥大手，乾坤揽尽作诗材。

宿飞云温泉酒店

久已身心两枉劳，暂依客馆避尘嚣。

半帘青映连宵雨，一院红迷夹竹桃。

泉滑池中人懒起，风凉枕上梦犹高。

凭窗借得烟霞气，来听巴山云水谣。

访开江习新书院

花光松韵满幽庭，路转回廊接渺溟。

为守书香风缱绻，似通人意鸟叮咛。

苍生有幸逢清世，圣道无涯到白丁。

梦里坑灰吹已散，牛山之上看天青。

登美女峰看文笔塔

何处高人情独钟，尚留此笔在孤峰。

千年坐石犹吹风，一旦开江便化龙。

迢递关河长徙倚，寻常日月每过从。

今来蘸就漫天雨，写到云霄第九重。

雨中泛舟明月湖

船入空蒙别有天，沧波深处不知年。

桨声摇梦迷青镜，水影移山带翠烟。

意属林峰长寄傲，槎通星汉恍疑仙。

何人一曲渔歌子，细雨斜风两洒然。

观靖安高洞瀑布

借得连宵豪雨漫，倒倾东海下云端。

奔腾岂复川途绝，震荡尤教人胆寒。

来聚雷鸣掀大壑，去随龙化起狂澜。

巴渠千里清幽景，凭此当能补壮观。

开江吃羊肉格格

蒸屉玲珑最受看，风行食店与街摊。

色香每致车船驻，麻辣皆招主客欢。

堪比佳肴宜四季，无妨老酒佐三餐。

等闲识得其中味，顿觉蓬蒿天地宽。

· 李方明

网名独行客，1963 年 3 月生，四川达州人。中华诗词学会、四川省诗词协会会员。诗作散见于《星星诗词》《当代诗词》《诗选刊》等。

归

遥望关山烟雨中，还乡票罄梦成空。

心凉已胜连天雪，入夜更吹西北风。

·李宗原

网名木楼，1967年6月生，四川渠县人。四川诗词协会会员、达州市诗词协会副主席、巴山诗社副社长、《巴山诗词》副主编。作品发表于《诗刊》《中华诗词》《星星诗词》等。

渠江七韵（其三）

河边日下影成双，碳素鱼竿老树桩。

一钓春风吹不动，由他野鸟弄花腔。

咏元稹纪念馆

登台开境界，一揖拜斯文。

林下同牵手，风流逊几分。

除非元白派，莫作唱酬云。

且学拈须状，弹衣效不群。

谒元稹纪念馆

高阁接云天，巍巍藐绿烟。

牵牛方半壁，司马已千年。

除却巫山句，几无酒水钱。

清风吹未老，草木各悠然。

民　工

弃土离乡只为穷，客途辗转似飘蓬。

三更梦里拥妻小，四季车间做苦工。

堂上虽知游子意，帘前不是故乡风。

起身拨号欲相问，万孔明窗比月浓。

泛舟明月湖

长堤柳下半湖烟，吹雨斜风满客船。

停棹飞歌惊白羽，临波掬影浣心莲。

抛开俗累云乡近，识得清凉境地偏。

借力直须撑到底，一篙点醒水中天。

山　行

岭上斜风未觉寒，早春花气正阑干。

曾经雨雪晴初好，认取莓苔路渐宽。

掬影流连飞瀑下，长身傲啸白云端。

红尘不老疏狂客，日落乌梅酒一坛。

·何 智

网名月映霜华、子愚等，1970 年 3 月生，四川泸州人，现居达州。中华
诗词学会、四川省诗词协会会员，巴山诗社社员、《巴山诗词》编委。有
诗集《厚吾斋习诗录》一卷，作品散见于《中华诗词》《岷峨诗稿》《当
代诗词》等。

阳台小坐

檐头小雀喧，隔壁五魁手。

沸水漾清茶，徐徐抿一口。

晓 村

遥山初现影，村树晓烟生。

檐露两三点，晨啼四五声。

候车村道见鸭

一足沉沉一足轻，水涵沙径泰然行。

路人休笑影颠簸，世道由来几处平！

午间有记

忽忆雨余新笋发，长梯遥绕过林桠。

纷纷雪落惊回首，小雀荡枝啄李花。

田家塝李花之观景台

一望忽如江倒流，繁英直上九峰头。

风来满目银波漾，楼宇依稀荡小舟。

访神剑园归而有梦〔一〕

旧案尘生知几载？月穿笔架冷苍苔。

梦魂犹向盘山道，风叶声中独去来。

〔一〕 昔，余与友置聆枫轩于此。

过竹溪

石径青苍余雨痕，晓烟疏处掩篱门。

狸奴守得凉风懒，半合蓝瞳嚼草根。

老寨人家之四

雨竹拂肩山径长，云生转眼不商量。

人来对面难相辨，先扑一襟栀子香。

·蒋　娓

网名清心竹，1970 年生，四川达州人。中华诗词学会、四川省诗词协会会员，巴山诗社社员，达州市诗词协会副秘书长。先后获得"纪念黄庭坚诞辰 970 周年"诗词大赛优秀奖、"歌咏新时代"主题诗歌创作大赛三等奖等奖项。作品先后被收入《当代律诗钞》《一年两度遇重阳》《月满乔家》等。

登八台山金顶

秋风秋雨逼高寒，云路岩峣势百端。

独立山头回首望，下台更比上台难。

喝火令　挤公交车

晓日辞凉月，街灯盼驻轮。匆匆来去几行人。一阵路尘轻卷，吞吐往来频。　　礼让空间紧，谢他一寸珍。此时恨不瘦腰身。挤痛西装，挤痛石榴裙。挤痛书包背篓，关不了车门。

定风波　高洞瀑布

未见飞泉早有声，寻声遥见雪涛迎。一泄喷飞千丈下，潇洒，银河溅落几多星。　　急浪平波应历惯，流远，牵携鸥鹭绕沙汀。求道求鱼谁所愿，河岸，两三蓑笠下渔罾。

南乡子　游八台山俯瞰情人谷，有徐庶像，乃夫君所作

须信有情痴。红豆空留绝壁枝。一任风寒霜雪紧，相思。不减初心未老时。　　相聚总难期。可叹参商总别离。徐庶举觞谁共饮，凄凄。空谷苍鹰兀自飞。

鹧鸪天　春闹小园

晴日暄风入小园，欢声笑语任喧阗。光头稚子抓"坏蛋"，丱角丫头放纸鸢。　　莺恰恰，蝶翩翩。黄红紫绿斗娟妍。等闲热闹由他去，容我春阳底下眠。

清平乐　怯过八台山玻璃索桥

风吹桥颤，颤得心儿乱。试踏玻璃谁与伴。一片白云舒缓。　　羡他神逸身轻，羡他信步闲庭。脚下松涛声急，眼前有路难行。

·张元静

网名静影淡月，1970 年 10 月生，四川开江人。四川省诗词协会会员。

游　船

桨声欸乃渡清涟，两岸苍苍有鹤旋。

我伴白云云伴我，欢歌牵走画中船。

·冉长春

网名休休子，1971年4月生，四川平昌人。中共达州市委宣传部常务副部长。中华诗词学会、四川省诗词协会会员，中镇诗社、巴山诗社社员，达州市诗词协会副主席。曾任"金陵春杯"诗词赛事评委。作品散见于《诗刊》《中华诗词》《岷峨诗稿》《当代诗词》《中镇诗词》等。曾获"足荣杯"丙申年度好诗词，第四届"诗词中国"创作大赛一等奖等。

宣汉马渡关（九首其五）

一水碧荧荧，微风拂柳汀。

浑如西子睫，扑簌向人青。

巴山独秀峰

一笔正生花，长天铺作纸。

三千八百吨，看尔如何使。

送杨逸明先生返沪

白雪阳春客，巴山下里游。

今朝别渠水，日夜水东流。

万源黑宝山（九首选三）

其一

秋山三五里，秋水一二声。

自是无缨濯，沾来洗眼睛。

其二

叮咚一泓水，怪底一丝甜。

不是城中味，时时苦与咸。

其三

水响山尤静，人来鸟不飞。

牵衣二三蝶，引我一如归。

金山寺遇雨

竹叶须臾湿，莲花次第开。

灵风有无处，一朵一如来。

开江车家湾赏花

山脚一裙金，山腰一带银。

山头何所有，尽是看花人。

记"中华诗词名家达州行"采风活动
走进万源八台山

经旬雨幕为谁开，一路飞歌上八台。

应谢天公真有眼，诗人皆入达州来。

太平村

柳线参差拂小塘，门前大片菜花黄。

鹅儿一路东风里，也学山翁踱夕阳。

巴山竹枝词（九首选三）
挑　水

一肩日月上山坡，哪有春风不对歌。

百步梯边开一嗓，回声十万或还多。

茶　山

百里巴山是我家，房前屋后种青茶。

哥哥一担清清水，正好浇来出嫩芽。

送　行

三更伴月出山沟，我送哥哥去广州。

昨日钱钱缝袄里，贴心不怕有人偷！

雨霁勘凤凰山腰巴山文学院至元稹纪念馆道中同散人霜华清辉

竹露吟风一二枝，西窗影剪夕阳时。

门前莫问残荷瘦，许是当年夜雨池。

达州民心工程莲花湖湿地公园即见

苍天雨后更清新，著意东风到水滨。

不见枯枝才一日，桃花已报十分春。

示照客湘侄孙家

水下楼摇水上楼，银花火树大江流。

童儿嘴小偏难捂，不是渝州是达州。

·郎 英

笔名兰心，网名露沁兰心，1971 年 8 月生，四川宣汉人。作品发表于《巴山文艺》等刊物。

红 叶

此生历尽世间风，将别枝头目已红。

不是招摇情不舍，只因扑向母怀中。

临江仙 洋烈水乡

苇荡风枝惊鹭，柳依堤岸浮烟。残垣凭据话灾年。水中枯木独，思及不堪看。　　今眺粉墙黛瓦，围屏丽水幽山。回廊花径客悠然。渔舟轻入画，楼宇卧波间。

临江仙

新雨弥空凉阵阵，轻罗已薄须更。阶檐成韵断弦横。未看飘片叶，便已晓秋声。　　放我深心浮物外，懒将愁绪重生。荣枯任去莫多情。荷残珠露重，修竹带风轻。

·粟文明

1972 年生，四川宣汉人。中昊晨光化工研究院人力资源部部长，工程师，培训中心主任。

夜游龙泉湖有感

无浪平湖千古月，有情岸柳万枝柔。

晚风若解游人意，送我梦归白鹭洲。

·李 伟

网名小李探花，1976 年 3 月生，四川开江人。出版诗集《絮语春痕》《荷风流云》。

卜算子

春晓雨初停，朱李连青杏。陌上轻寒染紫衣，花落眠芳径。　　归棹凌烟波，午醉闲愁醒。一曲扬州玉箸慢，小院幽香冷。

·符　毅

1977 年生，四川宣汉人。巴山诗社社员。现有诗稿《谬韵集》。

游百里峡

豪士漂流远，幽人更向前。

密阴昏野径，群涧响春山。

云鹤独出没，岩猴互扯攀。

留连心未厌，又坐古潭边。

读安全东老乡《云水集》口号〔一〕

从此声名天下闻，川东形势本出群。

安生无尽怜惜处，始信江山似美人。

〔一〕　安全东老乡的个人诗集《云水集》以大巴山为背景，极尽山水田园诗之能事，在喧嚣浮躁的当下显得颇为不易。

登笔架山

老去孤怀愈不群，登高兀自带残醺。

飞禽下面江山小，落日关头昼夜分。

顶上大风掀白发，眼前无路接青云。

几人解此苍茫意，忍对东边一片坟。

谒红军公园巴山秀才袁廷蛟塑像

路僻人稀万木阴，山围壁立愈萧森。

抗粮自古东乡命，狠毒由来墨吏心。

一县刁民须戮尽，西宫太后始恩深。

而今农税真全免，应共冤魂泪满襟。

·郑清辉

网名花满衣，1975年10月生，四川达州人。中华诗词学会会员、巴山诗社社员、《巴山诗词》编委。作品散见于《岷峨诗稿》《当代诗词》等。

清平乐

霓虹彩练，闪烁星星眼。说到当年情转淡，楼外车声渐远。　　蓝桥何必相逢，忍教旧梦成空。几许前尘影事，一弯夜月朦胧。

西江月

细柳才舒青眼，烟郊未谢梅花。山桃野杏斗横斜，春意盈盈无那。　　笑语频惊林雀，月湖叠映清嘉。转头遥指故人家，应在云峰脚下。

朝中措　回乡

翠峰环绕日西斜，烟舍似吾家。平野闲生疏草，谁人遥唤村娃。　　围炉四坐，新醅频劝，傍火吹茶。城市霓虹忘了，山头数点星华。

鹊桥仙 大雪独登凤凰山

峰头雾裹，松梢雪堕，细路逶迤偏颇。山行但锁屐痕深，正枝上、晕红初弹。　　寒封冻果，兴来浅卧，悉索惊乌掠过。清眸微闭半沉迷，这一刻、梅花属我。

卜算子 八台山独秀峰

晓雾远濛濛，遮断巴渝岭。闲数寒鸦三两声，隐约孤峰影。　　川路奈何长，盘道西风冷。伫望千年人未归，雨霁烟村静。

鹧鸪天 过双庙乡梯岩村

偏爱巴山红叶秋，晴光瑞霭护层楼。石桥宛转延蹊径，椿树清森辨老鸠。　　摇尾犬，俯头牛。谁家妹子织鸡篓。相询书记今何在，笑指青山最上头。

·秦雪梅

笔名半落梅花，1983 年生，四川大竹人。曾在"芦花飞雪诗意浓"武汉江滩芦山诗会、"清风杯"全国原创诗词大赛中获二等奖。

一剪梅 云雾山之杜鹃

疑是青山发了疯，这里丛丛，那里丛丛。枝枝尽是美人红，魂断东风，肠断东风。　　朵朵花燃春意浓，诗窖开封，词窖开封。舀来些韵泼苍穹，日在当中，月在当中。

代后记

曾将诗句结风流　巧事连连出达州

马斗全

　　人世间，常常会发生一些巧事，如果发生在文坛，尤其是发生于诗人之间，往往会更有趣更多意味。近期在四川达州举行的中镇诗社成立十五周年纪念暨各地诗人咏达州采风活动，便可谓巧事连连而多意味。

　　中镇诗社成立于 2002 年秋，至今秋已十五周年。诗学研究权威、北京大学中文系钱志熙教授十多年前曾谈道：中镇这样的诗社，如果能坚持十年，便了不得。中镇诗社不但坚持了十五年，而且越办越好，所以社友们觉得应该纪念庆祝。但作为纯民间诗社，从无经费来源，如何组织纪念活动，几位负责人心里都没底。就在这时，四川省达州市出于文化和诗词发展考虑，有意举办全国著名诗人采风创作活动，因中镇诗社的实力和影响，而与中镇诗社联系。于是双方一拍即合，迅即敲定，两个主题，一次活动。

我一听到"达州"二字，即刻想到白居易"江州望通州，天涯与地末"和"来书子细说通州"，"多是通州司马诗"等诗句，更想到了与白居易齐名、史称"元白"的大诗人元稹。达州即唐代的通州，白居易的好友元稹被贬为通州司马。中镇诗人听说活动地点是元稹当年的通州，山水壮美，都很高兴而积极报名参加。除社内高手外，诗社又约请了几位社外高手组成达州采风团。

达州，地属巴山。凡喜读古诗的人，都会因巴山而想到"巴山夜雨"，至于诗人们，那就更是向往了。行前我曾想，到巴山能有幸遇上夜雨吗？令人十分高兴的是，报到当天，老天凑趣，即给我们下了一夜细雨！我们下榻环境优美而安静的莲花湖宾馆，餐厅和房间都窗临湖水，听着向往了多年的巴山夜雨，感觉之佳，可想而知。所以多有诗友以"巴山夜雨"入诗。拙作为"达州初到喜何其，即遇巴山夜雨时。尊酒故人湖上坐，陶然醉里有新诗。"次日下榻八台山下明月巴山酒店，夜里又雨，且较第一夜大些，还伴有隐隐雷声。我又有诗："月不能明雨自来，潇潇声里杂轻雷。小楼卧听巴山雨，池上轩窗彻夜开。"最能摹写众人听雨心情的是徐长鸿先生句："一般秋雨秋风夜，听向巴山便不同。"

元稹当年初到通州贬所，也曾发生一件巧事。尚未安顿好，先见尘壁间有字，拂尘细看，原是好友白居易诗。白居易没有去过那里，诗自然是别人所书。这说明通州人对白居易诗的喜爱。元稹因此有诗相寄，将此事告诉白居易。白居易即有《微之到通州日，授馆未安，见尘壁间有数行字，读之即仆旧诗……缅思往事，杳若梦中，怀旧感今，因酬长句》之诗，说那是十五年前自己初及第时之作。

更巧的是，白居易寄通州的这首诗，开首二句为"十五年前似梦游，曾将诗句结风流"，正合中镇诗社十五周年达州纪念活动事，好像正为中镇诗社而作，诚为诗坛千古巧事。我将此巧合告诉众诗友，并借白居易这两句依韵续成一律："十五年前似梦游，曾将诗句结风流。预留此语誉中镇，喜见吾侪聚达州。如许川原秋助兴，一番吟事酒消愁。青山依旧人将老，笑对芦花任白头。"参加采风活动的诗友也都因这两句诗与中镇诗社情事如此巧合而觉得甚有趣，皆纷纷续作。各地一些诗友读到这些诗后，也有续作。本人看到的"十五年前似梦游，曾将诗句结风流"诗，已有近百首，而且多有佳者，堪称一时之盛。元、白若地下有知，读我们的续作，当会相与一乐。

我忝列诗人之列，实与白居易有关。我因"文革"浩劫少年失学后，无书可读，偶然得到两本诗选，而使我走上学诗之路，其中一本便是《白居易诗选》。后来我又购了白居易全集。对于中镇诗社达州活动来说，这也算一种巧合或曰机缘。如果不是自己多读白居易诗，便不可能知其有"十五年前似梦游，曾将诗句结风流"之句，而少了这一段诗坛佳话。

段惠民先生乘车事，也甚巧。采风诗人中段先生年纪最大，且腰有不适，与另一社友相约同行。未料临行前社友因老母忽病不能同往，段先生只好一个人赴会。众人闻之甚是挂念。没想到他上车后竟发现同车厢有诗友。返程时，又有诗友同车厢，一直陪到他下车。正所谓吉人天相，如有神助。

还有一件小事，也很有意味，顺便谈及。杨子怡先生随人流出站时正下雨，接站的达州诗友径上前打招呼并为撑伞。杨先生奇怪地问：怎么知道我是来采风的？接站者说：看你有诗人气质，就断定你是。引得旁边的旅客皆回头来看诗人是怎样气质。

达州采风活动，是由达州市委宣传部、市文联、戛云亭诗社联合主办的。戛云亭诗社，是因市区翠屏山上有座戛云亭，亭名系前人取自白居易《庐山草堂记》"有古松老杉，修柯戛云，低枝拂潭"。这也再次证明了达州人历来对白居易的敬重。

元稹贬通州期间，写了大量诗作，著名的《连昌宫词》即写于此。元稹对当地诗风影响极大，城北凤凰山上，建有元稹纪念馆。

采风活动中，我同达州诗人多有交往。达州不但诗风盛，而且有一个显著的特点，就是诗人关系非常融洽友好。有人说，这里的诗风，诗人之谊，应与元、白有关，不无道理。元稹与白居易往来唱和诗很多，这些诗最能见证两位大诗人非同寻常的人生之谊，有些诗句读之令人泪下。元、白交谊，堪称后世文人交游之楷模。活动期间，中镇诗社与戛云亭诗社结为友好诗社，"两社从兹称弟兄"。

因达州朋友们的热情接待与周到安排，中镇诗社成立十五周年纪念达州采风活动取得圆满成功，并因诸多巧事而增添意味。但愿当代文坛能多有各种各样有意味的巧事。当然，话说回来，所谓"巧事"，其实有其内在原因，这就是人们常说的偶然之中有必然。

（原载于《新华每日电讯》2017 年 11 月 3 日第 11 版）

诗人皆入达州来

休休子

众所周知，四川是一个出诗、出诗人的地方。唐代就出现了"天下诗人皆入蜀"的奇观。陈子昂和李白是四川的"土著"。初唐四杰、王维、高适、岑参、杜甫、刘禹锡、白居易、贾岛、李贺、温庭筠、李商隐等等，无不因升谪、探访、游学等与巴蜀结下诗缘。元稹也是这样，通州司马任上，不仅与白居易唱和留下佳话，他的创作生涯也达到了高峰，长篇叙事诗《连昌宫词》就诞生于此。通州在宋朝时改称达州，后来几经更名，今天依然叫达州。

2017年端午，中镇诗社"足荣杯"丙申年度好诗词颁奖典礼在广东雷州半岛足荣村举行，这个奖因该村一位热心公益的企业家赞助而冠名。来自四川达州网名叫休休子的爱好者以一首五绝《老兵》获了奖。休休子虽说爱好诗词，但对诗词界了解得并不多。该社社长马斗全先生表示祝贺的时候，休休子可能认为中镇诗社只是一个民间团体，可能认为赛事只是一个村级，也可能是习惯性谦虚，反正没太在意，便轻描淡写地说，"谢谢马社长，其实我算不了啥，达州比我强的少说也有十来个吧。""意思是你们那儿比中镇诗社还强啰，我们好久去达州看看。"一听马社长这句不紧不慢的话，休休子知道可能惹祸了，佯装内急进了卫生间。

真要感谢现在网络发达呀，中镇诗社不可等闲视之！其成立之初就是一个全国著名诗家的集合体，尤以只认作品不认人而闻名，组织的评奖历来都是糊名操作。举办"根祖杯"诗词大赛，首开网上公示的先例。"足荣杯"获奖作品，使当代诗词第一次入选《名作欣赏》杂志。香港《大公报》《中华读书报》《南方周末》等报刊多次报道该社活动。她显然是实力超强的诗社。

怎么办呢？好在达州的领导特别支持文艺事业。9月23日，纪念中镇诗社成立十五周年座谈会在达州召开。随后六天，"全国著名诗人达州行"采风活动成功举办，来自17个省（市、区）的30余名诗词家和20余名本地诗词骨干，到莲花湖等地参观，先后创作诗词1000余首。

天公真不作美。本来一直晴好，从报到当天就开始下雨，主人家急得团团转。而客人们越看到下雨，仿佛越高兴。来自河南的方伟说这里"山眉水眼暗相勾"（《初到达州遇雨》），来自广东的熊东遨、周燕婷夫妇"为探秋池新涨意，夜乘微雨上巴山"，"不辞千里远，来看涨秋池"（《巴山（二首其一）》《随东遨入川夜宿巴山》）；来自辽宁的徐长鸿认为"一般秋雨秋风夜，听向巴山便不同"（《夜宿巴山是夜雷雨大作》），甚至来自甘肃的萧雨涵"打鼾声伴打雷声"（《浣溪沙·八台山晨起》），广东的苏些雯在山亭"还坐，还坐，元白可能来过"（《如梦令·八台山上雨急风骤随想》），新疆的邓世广为下次打起了主意"轻纱遮却娇妍貌，似约明年我再来"（《游八台山值雾口占》）。还有来自北京、天津、山西、浙江、湖北、重庆、四川等地诗人的作品举不胜举。江苏的钟振振先生似为活动做了个总结，"沿洄不记光年几，只信诗魂在达州"（《巴山夜雨》）。

这次采风不仅作品多，而且影响很大。2017 年 11 月 3 日，《新华每日电讯》以《曾将诗句结风流，巧事连连出达州》为题，刊发马斗全先生署名文章，对活动进行了详细报道。

马先生说的巧事，是指元稹刚到通州贬所，就发现了白居易的诗，说明当地人民对诗的喜爱，对白居易的喜爱。说到巧事，当代也有巧的。中国诗歌学会副会长杨牧先生是达州人，他主要写新诗。中华诗词学会副会长周啸天先生主要研究和创作传统诗词，居然也是达州人。还有更巧的。在"全国著名诗人达州行"采风成果的基础上，达州准备出版文旅外宣品《行吟达州三百首》，经费早就到位，作品数量和质量也没问题，马上就要付印了，突然，编委会认为作者代表性还不够全面，这可怎么办？就像蚂蚁在热锅上的时候，周啸天先生电话来了，他说，不少诗人看到达州这个地方那么容易写出作品来，也想来试一试。这真是瞌睡遇到了枕头！

2018年5月27日至6月1日，由中华诗词学会指导，四川省诗词协会和中共达州市委宣传部承办了"中华诗词名家达州行"采风活动。与中镇诗社的民间性质相比，中华诗词学会是业界内最高的官方社团。

这次19人的团体不是很大，300来件作品也不是很多，但精品比例极高。

达州为纪念元稹专门修了个馆，有个节日叫元九登高节，还是四川十大名节，中华诗词学会常务副会长范诗银当场就感动了，在《蝶恋花·题元稹纪念馆》写道，"九日登高风景好。望里长安，归雁星花小。春陌词章秋巷稿，读君如晤思难了"。林峰副会长也许并不知道莲花湖湿地公园是民心工程，《夜宿达州莲湖山庄》"石绽莲花何处是，已将清白种心田"这两句诗却巧合了。副会长刘庆霖依旧他的风格，"林下氧离子，大如乒乓球"（《达川万亩乌梅林四首其四》）。副会长周啸天是来宾也是地主更是游子，写下一首《长相思》，"巴水流，州水流，不到通州不聚头。豁余万里眸。　　元亦休，白亦休，两袭青衫任去留。飞来一片鸥。"原副会长星汉参观张爱萍故居时对这位搞"两弹一星"的上将肃然起敬，写下了我们的共同心声"霹雳声摧谁破胆，蘑菇云起我伸腰"。原副会长杨逸明成名很早却偏要谦虚，参观八台山独秀峰后说，"闹市吟诗总未工，几回求索梦还空。原来独秀生花笔，插在深山大壑中"。四川省诗词协会会长滕伟明本就因《八台雪歌》而闻名自不必说。重庆诗词学会会长凌泽欣、著名散曲家南广勋、原四川省诗词协会副会长郭定乾、著名网络词家李子等等都有不少佳作，不再一一例举。

除这两次活动，诗词大咖们还专赴开江县参加荷花节。当地诗词爱好者在全国专业网站担任论坛首席版主、版主的多达20余人，号召网络诗人来达州，看达州，写达州。

由是，本地的爱好者得到了高层次的学习机会，达州也因容易出诗而声名远播。这个川渝鄂陕结合部的经济欠发达地区，为什么能够吸引如此多的诗词名家大家呢？

其实，范诗银、星汉、钟振振、马斗全、熊东遨等都先后半开玩笑半当真地表达过同样的意思。"达州的诗人写得好，有什么了不起？外地的诗人一到达州就写得好，有什么了不起？写得好是应该的，写不好才是怪事。这么有立体感的好山好水，这么丰富多彩的人文风情，这么活泼灵动的地域性格，哪一个不是出好作品的好题材？特别是大气而又开明的达州领导，营造如此好的环境，创作者能不心情舒畅吗？"他们指着一万多平米的巴山书画院和巴山文学院说，这在全国是极少见的。

回想起来，人努力加上天帮忙，达州的日子还真不难过。秋天到它就巴山夜雨，春天来它就雨霁天开。

陪同中华诗词名家达州行采风活动走进八台山时，我写了一首小诗，权作本文结尾："经旬雨幕为谁开，一路飞歌上八台。应谢天公真有眼，诗人皆入达州来。"

（原载于《新华每日电讯》2018年7月6日第11版题为《夜乘微雨上巴山》和达州日报2018年7月20日第7版题为《诗眼看达州》，收入本书时作者有修改）